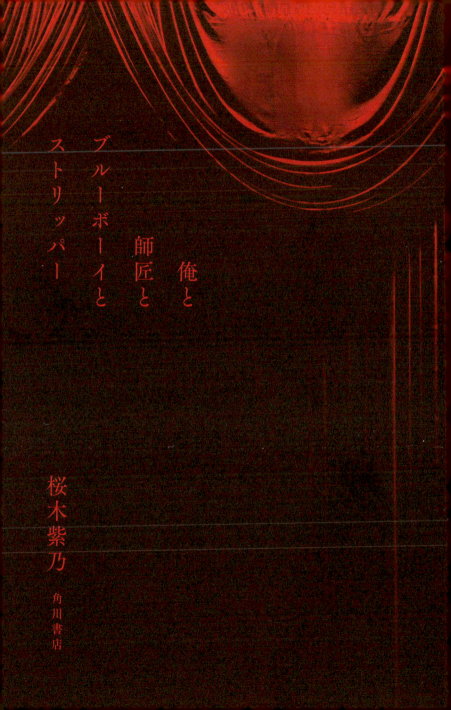

俺と師匠とブルーボーイとストリッパー

桜木紫乃

角川書店

目次

第一章 5
第二章 63
第三章 121
第四章 179

俺と
師匠と
ブルーボーイと
ストリッパー

装幀　アルビレオ
装画　草野碧

第一章

久しぶりだな、父ちゃん――

章介《しようすけ》は反射板ストーブから漂う油のにおいを吸い込み、脳みそが少し揺れるくらいまで息を止めた。一気に吐き出すと、目覚まし代わりのラジオから「港のヨーコ・ヨコハマ・ヨコスカ」が流れ始めた。

解いた風呂敷《ふろしき》包みから現れた箱に、とりあえず手を合わせてみる。結局、盆明けに入院先に見舞いに行ったきり、通夜にも葬式にも出なかった父親の、変わり果てた姿だ。父の章二《しようじ》は、化けて出るほどこの世に執着があったとは思えないくらい陽気な博打《ばくち》うちだった。人間、死ねばこんなに小さくなるのだと改めて感心する。

ぼんやりと眺めているうちに、曲が「スモーキン・ブギ」に変わった。今日はダウン・タウン・ブギウギ・バンドの特集らしい。有線で、街頭放送で、同僚の鼻歌で、今年はずいぶんこの曲を聴いた。キャロルが解散し、クイーンが来日。ラジオから流れる曲もずいぶん変わった。

父が死んだという知らせが入ったのは、キャバレー「パラダイス」で、開店前の掃除をしているときだった。電話をしてきた母親の乾いた声を思い出す。

——父ちゃん死んだ。

——あ、そう。

——葬式は三日後。あんた、来る?

考える余地があるのかと新鮮な驚きを前にしている間に放たれた母の「来たって別にやることないけどさ」の言葉に救われ「じゃあ、行かない」と返した。

見つけた際、骨壺《こつつぼ》を入れた風呂敷包みの上には母からの手紙が載っていた。紙よりも乾いた気持ちで便せんを広げる。

『どうもお世話になってます母です。父ちゃんのこと、よろしく頼みます。もう財布から金を持っていくこともないから一緒に連れて行ってやりたいんだけど、荷物はなるべく少ないほうがいいので置いていきます。今までいちばん手のかからない状態なので、安心してください。化けて出ることはありません、そういう人です。ではまた。母』

十九歳のときに章介を身ごもったと聞いた。ふたりは同じ長屋の幼なじみで、母曰《いわ》く「腐れ縁」。父親の博打の資金を稼ぐために昼夜なく働いてきた母も、親の代から続いてきたという「博打うちの身内」からようやく解放されたのだ。

なんで、と章介はまだ若かった頃の母の前掛け姿を思い出し問うてみる。

——なんでこんなのとずっと一緒にいたんだ、母ちゃんは。

記憶のなかの母親は常にそっぽを向いており、息子の問いは聞こえないようだ。

骨かよ——すり切れた畳の上に置いておくのも、万年床の上も、置き場所としてはどうなんだろう。

八畳間が四室からなる平屋のアパートはグランドキャバレー「パラダイス」の寮だ。本来なら正社員とステージに立つタレントのためのものだが、老朽化が進み無人が続いていたので「住んでもいい」と言われている。幸い、このアパートを見た瞬間にたいがいのタレントたちは安旅館を探し始めるので、今のところ章介以外の住人はいない。

家具もなく湿気《しけ》った布団ひと組のただ寝るだけの部屋に、父親の骨が舞い込んできたのだった。章介はストーブの火を消した。

師走《しわす》を迎えた安普請は、火の気がなくなるとものの五分で外気温と同じになる。開けても隣のモルタル壁しか見えない窓では、丈の短いカーテンの裾《すそ》がカビで真っ黒になっていた。水道は凍るので元栓から止めたままにしており、数日に一度バケツに溜《た》める水が頼りだ。最近は顔を洗うのも腹になにか入れるのも、すべて「パラダイス」に出勤してからになっている。

章介は骨壺と手紙の置き場所をあれこれ考えながら腕の時計を見る。午後三時、北海道の東端に近い街に夕暮れと出勤時刻が近づいている。

仕方なくそのまま部屋の隅に置き、ジーンズにセーター、その上にダッフルコートを重ねて部屋を出た。玄関脇の共同トイレで用を足し、冷たいスニーカーに足を入れる。肩幅ほどのちいさな下駄箱には、過去の住人に宛てられた手紙や督促状が十センチの高さに積もっている。

そこからこぼれ落ちた封筒やハガキも、同じ場所で埃《ほこり》を積もらせていた。

風呂敷包みは、昼過ぎに目覚めてトイレに立った際に見つけたのだった。丁寧にも、包みを除《よ》けなければトイレのドアを開けられない場所に置かれていたのが、母の優しさだったのかどうか。置き場所を間違えれば、郵便物と同じように、触れてもらえずそのまま時間が経《た》っていただろう。

外に出ると、途端に耳を削《そ》ぎそうな風が吹き付けてくる。この風が吹いている間は雪が降らない。章介の記憶では、雪はぴたりと風が止《や》んだ日に降ってくる。骨になった父に会ったからというわけでもないのだろうが、記憶は勝手に皮膚を切る冷たい風と父親が重なるところを探し当てる。

――章介、お年玉いくら貯まったんだ、お前。

――一万円。今年はすごいよ父ちゃん。俺、こんなにもらったの初めてだ。

――その金、三億とまではいかないが、俺が増やしてやるよ。

どうやったら増えるのか訊《たず》ねる息子に、父は「なあに、ちょいとしたマジックを使うのよ」と笑った。まだ父がまっとうな大人だと信じていた頃の話だ。お年玉は、いつまで待っても戻ってこなかった。

河口に向かって歩き、右へ曲がって橋を渡るときが通勤の難所だった。川面《かわも》から湿原から河口から上空から、いったいどこから吹きつけるのかわからぬ風に飛ばされそうになりながら歩く。ジーンズ生地に冷やされた脚は、もう痒《かゆ》いのを通り越して感覚がなくなっている。空《す》きっ腹と寒さに耐えていると決まって、中学の授業で国語の教師が言ったひとことを思い出した。

——今回のテストで「ひもじい」の意味に「ヒモをしながら暮らしているジジイ」と書いたやつがいた。こんなやつが生きていける世の中になったことを喜んで、一点付けた。

その一点を足してもらっても、章介の点数は十五点だった。

中学を卒業して、半ば父に売られるようなかたちで左官屋に勤め定時制高校に通い出したが、どちらも半年保《も》たなかった。百七十センチ五十キロのひょろりとした体格だが、幸い筋肉には恵まれたのか力仕事は苦にならない。しかし五人いる先輩全員がほぼシンナー中毒だったのは予想外だった。五人が五人みな溶けた前歯のまま仕事をしていた。シンナーが体質に合っていれば辞めずにいられたろうが、十年待たずに死んだろう。

バイトの張り紙にあった「寮完備・まかない付」の文字に惹《ひ》かれ「パラダイス」の下働きに職を得たのが十六の時だった。章介がこの四年間で両親に会ったのは見舞いも含めて二回きり。親元が、戻りたい場所でも戻る場所でもないことが、水草のように生きる章介の自信と誇りだった。

風にあおられ頰《ほお》をたたかれながらようやく橋を渡りきる。目抜き通りのビルに赤い夕陽が反射して、まぶしさに思わず目を閉じた。閉じたまま数歩進んで今度は小石を踏んづけ、思わず「ちくしょう」と声に出す。風に紛れて耳に入ってきた声が死んだ父親にそっくりで、章介は思わず立ち止まり、あたりを見回した。父が死んだのをしっかり確かめなかったことを改めて悔いた。

夕暮れを待つ繁華街はまだ手持ち無沙汰《ぶさた》で、章介がキャバレー「パラダイス」の通用口から店内へと入るには、積み上がった段ボールや空瓶の罠《わな》を撤去しておかねばならない。誰が積み上げたものでも、放っておくと章介のせいになるのだ。通路を広げ、ようやく廊下の端にある釘《くぎ》にダッフルコートを引っかけた。暖房の効いた屋内に入ると両脚の皮膚が甘えだし、痒みが増した。

「パラダイス」の、建物一階は収容人数最大二百人のワンフロア。二階は吹き抜けの回廊造りで八十人収容の姉妹店「アダム&イブ」がある大箱だ。演《だ》し物がひとつでいいのが最大の利点。加えて二階の照明を落とし気味にしているので客層はしっかり分かれている。お客さんが隣についた女の子の体に間違って触れてしまっても、そこは暗黙の了解があるという。

マネージャーの木崎《きざき》から聞いたところでは、楽園《パラダイス》の上に何という店名を付けるかで相当もめたという。ここは人間が遊ぶところなのだから人間がいなくては、という初代オーナーのひと声で決まったのだった。「アダム&イブ」だから、まあ少々尻《しり》を触るくらいは仕方ないと、ホステス側も承知で席に着く。

戦後すぐに「パラダイス」を立ち上げた初代は同じ繁華街に何軒かお店を持っていた。女の子たちが売掛でドレスを買えるブティックだったり、夜のお店で働いている人間がなだれ込める朝までやっているお店だったり、餃子《ギョーザ》やザンギが売りの定食屋もある。「パラダイス」を核にしてぐるぐると金が回る仕組みなので、その金は客から巻き上げるのが本流だ。

顔を洗い、狭い事務室に残っている握り飯五つのうち三つを腹に収めた。

鍵《かぎ》を開けにやってくる木崎が、夜中に女の子たちからもらった食べ物を取っておいてくれる。それが章介のまかない飯になる。なのでどうしても、食べ物の傷みやすい夏場は菓子類が中心になった。客からの差し入れが流れてくることも多く、果物に偏ったり冷えた餃子だったり、栄養のバランスはまったく取れていない。それでも腹に入るものが毎日あるのはありがたい。一食でも浮けば、夜中に多少腹持ちのいいものが食べられ、三日にいっぺんでもサウナに寄り風呂に入ることが出来るのだった。

陽の入らぬ店内に点《つ》けられるだけの明かりを点けて、汚れているところはないか確かめ、今夜の演し物に合わせたボックス席を作る。マネージャー以外のフロア担当は、章介がある程度の点検を終えてからぱらぱらと出勤してくる。

地元のアマチュア歌手出演が終わり、いよいよ年末年始のかき入れ時へと突入だ。二階から「名倉《なくら》くん」と章介を呼ぶ声がする。木崎が手すりから顔を出した。薄暗がりでも、髪が整髪料でピカピカに光っているのがわかる。色白の優男は、元ホステスを女房に持ちながらも、店の女の子たちにとっては「キザの木崎」と呼ばれる、優しい兄で友人で彼氏だった。

「名倉くん、お疲れさま。相変わらず、いい動きだねえ」

「ありがとうございます。見てたんですか、人が悪いなあ」

「事務室のおにぎり、食べたかい?」

「三ついただきました。いつもありがとうございます」

聞けば、今日の握り飯は木崎の妻が握って持たせてくれたものだという。

「俺が食べちゃっても良かったんですか」

「名倉くんに食べさせようと思って持ってきたんだから、いいんだよ」

木崎は手すりのそばを移動しながら、昭和四十三年に起きた三億円事件が時効になったことをぼやいた。

「たった七年黙ってるだけなら僕も出来そうなんだけどな。名倉くんは、三億円あったら何がしたい？」

「見たこともない金の使い途《みち》は想像出来ないです」

笑い声がフロアに響き渡った。章介が同じ質問をすると、一拍置いて「嫁の実家と僕の実家と、僕のところで一億ずつ分けるね」と返ってきた。

「木崎さんは、さらっとそういうことを言うから女にモテるんですね」

三割のお世辞と七割の本音を放ると、彼は「それがいちばん問題が起きないから」と言って笑った。どこの家もそれなりの問題を抱えているのだろうが——章介の脳裏を父の遺骨が過《よ》ぎった。父なら間違いなく、すべて博打で溶かしてしまうだろう。

「パラダイス」のフロアに降りてきた木崎が、ドラムセットやピアノのあるステージの前に立った。両手を細い腰にのせて首をひねったり頷《うなず》いたりしている。どうかしたのかと問うてみる。

「もう少し、楽器なんかを両端に寄せて、舞台のスペースを広げることは出来ないかな」

聞けば、今夜からの演し物が複数あるので、いちいち寄せたり集めたりは大変だろうということだった。

「マジシャンと歌手とダンサーだからね」

統一感のないショータイムにならなけりゃいいけど、と言いながら尻のポケットからなにか取り出した。

「そろそろ駅に着くころだと思うんだよね」

「誰がですか」

「マジシャンと歌手とダンサー」

ふうっとため息を吐いて、木崎がポケットに紙を戻した。今日から始まるステージのポスターは、章介も目にしていた。

「世界的有名マジシャン」「シャンソン界の大御所」「今世紀最大級の踊り子」、章介はそれらの惹句《じゃっく》に続いて記されたどの名前も聞いたことがなかった。

「とにかく、今日からの三人で年末年始を走らなけりゃ」

ショーは松の内まで続く。誰もが知っているヒット曲を持った歌手でも来れば別だが、この惹句と名前とのアンバランスは、どう考えても厳しそうだ。

「去年は、ビッグバンドが入って、ダンス目的のお客さんがけっこう入りましたよね」

木崎は「うん」と渋い声で唸《うな》り「うちは今年、ちょっと出遅れちゃったから」と小声でぼやいた。

「バンドマンたちは年末年始も慣れたところで仕事出来るってんで喜んでくれたけどさ。僕、今回のタレントさんたち、誰とも会ったことないんだよね」

キャバレーまわりをしているタレントや歌手はたいがい知っている彼が、三人が三人とも会ったことのない出演者だと聞いて、章介の不安も増した。年末年始の収益を上げなければオーナーが黙ってはいない。

「受けるといいですねえ」

なんの役にも立たないひとことを言ったあと、ドラムセットとアンプをどう動かそうかと首をひねった。勝手に動かせばバンドマンたちから苦情が出るだろうし、かといってタレントたちが歌ったり踊ったりをする場所がないのでは困る。昨日まで出演していた歌手がフロアを練り歩きながら歌っていた姿を思い浮かべる。ドレスの背中にゴムのシャーリングがぴったりと張り付いているのは、客が挟んでくれるチップの札を一枚も落とさないようにするためのデザインだと自慢していた。

内地からのタレントが来ない時期、章介はその歌手から小遣いをもらったり夜食をごちそうになったりもするのだが、母親と同じくらいの皺《しわ》を見るにつけ彼女の望む夜伽《よとぎ》がしんどい。章介は無表情で言われるままに彼女を抱くが、耐えられるのはせいぜい三日だった。

「パラダイス」のステージは床との段差が三十センチ。ふと、以前三人組で歌うコーラスグループのひとりが言っていたことを思い出した。章介は事務所に向かいかけた木崎を呼び止めた。

「ステージの前側にビールケースをいくつか足して、ベニヤ板載せて布を掛けるってのはどうですか。それだけでドラムの音がけっこう遠くなるんだって聞いたことがあるんですけど」

木崎が濡《ぬ》れたように光る前髪の一筋を前後に振って「なるほど」と言った。

「ふたつ分前に足すだけでも、ずいぶん違うね。狭くて行き場がないより、いざとなったら前に出られるだけで演し方も変わるだろうし」

ビールケースとベニヤ板の心当たりはある。楽屋の奥や通用口からの通路には、捨てるわけにもいかないがらくたが壁に溶け込んでいる。やっと出番が来たようだ。

「足りなければ、酒屋から調達してきます。ベニヤ板も二枚あればなんとかなると思います」

「いいねえ、そのやる気」とつぶやき、木崎がニヤリと笑った。

早速、通用口で埃をかぶっていたビールケースを雑巾《ぞうきん》で拭《ふ》き、舞台の前にひと並べした。両端をステージよりもひとつ分ずつ減らすと、二列分前に出る。ざっと見て、ベニヤ板二枚分ステージが広くなった。ステージ前のＶＩＰ席をほんの少し後ろへとずらし、角度を変えればプレミアムシートへ早変わりだ。日々、章介の仕事の喜びはこうしたささやかなアイデアの採用によって保たれている。

いつか舞台の背屏風《びょうぶ》に引っかけて使った大判の赤い布がどこにあったか、章介は廊下に積まれた段ボールにあたりをつけて床に下ろした。ひとつめは今年のお盆時期を盛り上げようと誰かが言い出したときの、幽霊グッズ——白い着物や額烏帽子《ひたいえぼし》、長い髪のカツラが入っていた。ホステスが何人かこの装束で席に着いたが、まったく受けなかった。あとで木崎がオーナーにこっぴどく怒られていたのを思い出す。最初この装束を見ていちばん受けていたはずのオーナーが手のひらを返したので、章介もひとこと言いそうになったのだが、そこは年長の木崎が驚くほど頭を下げて場を収めたのだった。

名倉くん、頭は下げるためについてるんだよ――そんなことあるかと思ってはみたものの、それで丸く収まる場面を何度も見ているうちに、章介の頭も軽やかに下がるようになった。

ふたつ三つ、と段ボールを開けてようやく赤いベルベットにたどり着いた。多少の皺は仕方ない。広げて踏んづけているうちになんとかなるだろう。ボックス座席を整えて、章介は「よし」とひとつ頷いた。これならバンドマンにも歌手にも文句を言われずに済みそうだ。

さて、と廊下の従業員ロッカーへ着替えに戻ろうと思ったところへ、遠くから壁を叩《たた》く音が聞こえてきた。足を止めて音のする方を探す。どうやら店の入口のようだ。店の鍵を開けるには木崎に断りを入れなければならない。少し迷って、章介は通用口から外に出て店の前へと回り込んだ。

夕暮れの寒風が薄着に凍《し》みて、鼻毛まで凍《しば》れそうになる。繁華街には気の早いネオンが瞬《またた》き始めていた。「パラダイス」の前に、三つの人影がある。ひとりがドアを叩きながら「凍えて死んじゃう、早く開けて」と怒鳴っていた。

「すみません、今日からのタレントさんですか」

三人の視線が一斉に章介に向けられた。大、中、小――誰が歌手で誰がマジシャンか分からないが、彼らの並んだ背丈は斜め四十五度に見事な斜度をつけていた。赤いオーバー、ベージュのコート、黒い背広の順に背丈が小さくなってゆく。

「駅に着いても誰も迎えに来ない、店に着けばドアが開いてない。ここの店は従業員にいったいどういう教育をしてるのかしら」

怒鳴っているのは章介も見上げるほど背の高い赤いオーバーの男で——野太い声で女言葉を使っている。真ん中では章介とそう違わぬ背丈の、これは明らかに女であるがタレントには見えそうもない人間がのっぺりとした薄暗い表情で突っ立っている。端のひとりは見事な小男だった。くたくたの背広に大きなトランクがふたつ。見れば大男も女も小男も、それぞれに大きな荷物をふたつずつ携えている。

「すみません、寒いので早くこちらに」

大男が率先して文句を言っているが、ほかのふたりはどうやら寒くて声も出ないらしい。開店に向けて暖房を効かせているフロアへと案内すると、一気に呼吸の音が聞こえだした。

事務室に顔を出し「タレントさんたちが到着しました」と声を掛ける。木崎が「おう、ありがとう」とフロアに出てきた。

三人を見て、普段はほとんど表情を曇らせるということのない彼の眉間《みけん》に見事な縦皺が二本寄った。

「失礼ですが——」

まるで「タレントさんはどちらに」と続くのを半ば期待してそれを遮るみたいに、大男が口を開いた。

「あたしがソコ・シャネル。こっちのおばさんがフラワーひとみ、このおじさんがチャーリー片西《かたにし》。今日から年明けまでこちらにお世話になります、よろしくね」

額が後退気味で、つるつるの派手なシャツに真っ赤なオーバーを羽織った、見上げるような大男がシャンソン界の大御所「ソコ・シャネル」なのだった。

　章介は、居心地悪そうに微笑みながら頭を下げる世界的有名マジシャン「チャーリー片西」と、相変わらず表情の暗い今世紀最大級の踊り子「フラワーひとみ」を交互に見た。多少、遠慮のない視線になっていることは気づいている。三人は、今まで出会ったどんなタレントとも違っていた。惹句とは程遠い場末感だ。木崎は眉間に寄った皺をほんの少し浅くして言った。

「ステージは八時から二回転でお願いいたします。もう少ししたらバンドメンバーもやってきますので、細かな打ち合わせはそのときに。こちらで出来ることは最大限お手伝いいたしますので、何でも言ってください」

　今日からのステージに不安を感じないはずはないのに、木崎の声は張りを失わない。その声が不意に章介の方に降ってきた。

「名倉くん、きみ照明出来たよね」

　夏のイベントで照明係が腹の下る風邪をひいて三日間使い物にならなかったときに、見よう見まねでなんとか乗り切ったことを思い出す。ステージにスポットを固定して、点けたり消したりするだけだったから、出来るというほどではない。いや、と言いかけたものの木崎の眉間には先ほどより深い溝がある。うなずきも否定も出来ないでいると、今日から照明を務めてくれと続いた。

「駆け落ち、だそうだ」

「誰が、ですか」

照明係が店のナンバーワンを連れて逃げた。柔らかで目立つこともない、ただにこにこと席に着くだけで噓《うそ》みたいな指名数を誇るホステスと、健康とは縁遠そうな風貌《ふうぼう》の照明係がうまく結びつかない。

ということで——と木崎の視線がフラワーひとみに向いた。

「お願いがあります、フラワーさん。ギャラにフロアの分をのせますんで、もし差し支えないようでしたら、席に着いてもらえますか」

「なんやて」

章介はそのとき初めてフラワーひとみの声を聞いた。男のソコ・シャネルにひけを取らないほどガラガラと低い、酒と煙草で潰《つぶ》しきったような声だ。フラワーさん、と呼ばれて女の鼻がつんと上を向いた。温まりきらない鼻の先だけが赤い。

「あんた、うちにショクナイやれ言うんか」

「ええ、年末にナンバーワンがいないというのは大変な痛手でして。フラワーさんが舞台と客席の両方を持っていただけると、その穴も埋まると考えまして」

ひとみは「けっ」と鼻を鳴らした。

「なんや年末にくそ寒い日本の端っこで裸仕事か思うたら、酒も売れやて。こりゃええ年越しやな。人助けついでに、財布ごとチップ巻き上げたるわ」

言ったあと彼女は、コートのポケットから取り出した煙草に火を点けた。

「ステージの支度時間もギャラのうちやろ。そこはお店の含み損、ええな」

木崎がうやうやしく腰を折った。章介もつられて頭を下げる。

「おい、ボン」

彼女が自分を呼んでいるのだと気づかずぼんやりしていると、フラワーひとみが怒鳴った。

「ボン言うたらお前しかおらんやろ。よう見てみい。お前以外は電信柱とちんちくりんおやじと優男やで」

ここはいくら可笑《おか》しくても笑ってはいけない。歯を食いしばり、再び腰を折った。

「ボン、照明はええ腕なんか」

「すみません、見習いに毛が生えたようなもんで」

「毛が生えてるかどうかは、うちが判断するわ。パーヨンはあてるとき間違うたらえらい阿呆《あほ》なことになるんや。しっかり頼むで」

パーヨンが何を指すものか考える間もなく、フラワーひとみはスーツケースを開き、大きな角封筒を取り出した。渡された封筒は長旅に連れ回されすっかりくたびれている。そっと開くと、中にはセロファンを貼った中抜きの台紙が入っていた。

「ボン、それがパーヨンや。赤が八、青が四。八×四で、パーヨン。衣装を脱ぐときにぱっとこっちに切り替えるんや」

割って入るように、ソコ・シャネルが「あたしは白を強めにね」とウインクする。端っこでチャーリー片西が両手をこすり合わせながら柿の種そっくりな目で微笑んでいた。

ということで、よろしく――木崎が三人を楽屋に案内するよう指示して事務室へ戻った。

気が重いのは照明係を引き受けたことだけではなかった。照明係は出囃子《でばやし》のタイミングと合わせるためにタレント紹介のアナウンスもしなくてはいけないのだ。そこだけ木崎に頼んでみようかとも考えたのだが、アナウンスに照明がついて行けなければ遣う神経が一本増える。やはりこの三人の紹介は自分の役目なのだ。

章介はステージの横に張った黒いカーテンを抜けて、楽屋のドアを開けた。

「いやだ、ここを三人で使うわけ？」

ソコ・シャネルが見事なファルセットで語尾を伸ばした。太い声でフラワーひとみが笑う。チャーリー片西の目は相変わらず柿の種だ。

畳大の鏡を貼った壁はあるが、丸椅子が重ねられたほかは段ボールが積み重なった、楽屋とは名ばかりの部屋だ。数か月、楽屋を使わないで済む地元の歌手が出演しているうちに、人気《ひとけ》のないこの場所がすっかり物置になっていた。フラワーひとみが接客でほとんど待機に使わないとはいえ、ソコ・シャネルとチャーリー片西がふたりで出番を待つには気詰まりだろう。

「すみません、すぐ片付けます」

章介は肩のあたりまで積み上がった段ボール箱をひとつずつ床に下ろし、中を確かめる。ここにも数年前のイベント衣装や小道具、切れて使い物にならない電球や、なぜか穿《は》き古した女物のパンツが入っていた。

段ボールをのぞき込んだソコ・シャネルが「ひどい店ねえ」とため息を吐く。章介は「すみません」と腰を低くしながら急いで五箱の段ボールを通用口の外に運んだ。すべてゴミとして出してしまえそうなものばかりだった。

すっかり暮れた夜の街にネオンの花が咲き乱れている。冬枯れの木々が息を止めているのを見上げると、後頭部のあたりを父の遺骨が通り過ぎて行った。

今夜から、フロアの雑用に加えて照明とアナウンスも章介の仕事になる。熱を吸い取ってゆく冬空にひとつ白い息を吐き上げた。

隣のビルとの隙間に積んだ段ボールは、雪が降る前に回収車に持って行ってもらわねばならない。この段ボールに父親を入れておくことを想像したところで寒さに負け屋内に入った。

見ると、楽屋の前にチャーリー片西がぼんやり突っ立っている。タレントに出番を知らせるのも章介の仕事なのだが、さて今夜からはどうしようかと、チャーリー片西の姿を見て頭をひねる。

「チャーリーさん、どうかしましたか」

「いや、おふたりが化粧と着替えをすると言うので、わたしは」

世界的有名マジシャンの声は消えそうなくらい細い。これは音響が大変そうだ。

「ちょうど良かった。今のうちにステージの立ち位置を決めましょう。テープで印を付けておかないと」

「ああ、そうですね」

チャーリー片西は、頭を上下させずにステージの前まで歩いた。よれた背広がまるで体に合っていない。マジシャンが、先ほどビールケースとベニヤ板で急ごしらえしたステージに立った。彼は掃除用の蛍光灯の下で「このあたりですかね」と細い声で訊ねた。

「広さはどうですか。演し物に差し支えないでしょうか」

「充分ですよ、わたしのマジックはこぢんまりとしたものですから」

こぢんまりとした世界的有名マジシャンか、とつぶやき、ステージ屏風の裏側に置かれた道具箱から白いビニールテープを抜いて戻った。マジシャンの立ち位置に十センチに切ったテープで×印を付ける。

「演し物で、マイクの必要はありますか」

「ええ、少ししゃべりますので」

「じゃあ、マイクスタンドの高さも合わせますね」

はあ、と頷いたマジシャンの前に、ステージ脇にあったマイクスタンドを置いた。ステージを足して正解だった。ドラムに近すぎると、この小男はドラムセットの一部になってしまう。

「チャーリーさん、うちの音響はけっこういいはずなんですが、出来るだけ大きな声でお願いします」

はあ、と頷いたマジシャンは、なにやら首を傾げたりげんこつに向かって咳払《せきばら》いなどをしている。どうかしましたか、と訊ねた。

「すみませんが、その名前で呼ばれるのとても恥ずかしいので、どうかわたしのことは師匠とお呼びください」

自分から「師匠」を名乗るタレントに出会ったのは初めてだった。分かりました、と返したあとは笑いをこらえるのに精一杯で、楽屋でソコ・シャネルが怒鳴っていることに気づくのが遅れた。

「ボン！　ちょっと、ボン。なんなの、ここは」

章介はいつの間にか「ボン」になっていた。このぶんだと、ここから先一か月近く「ボン」のままだ。大声で返事をして、舞台横のカーテンをめくった。

ドアを開けた楽屋の前で、ぷるぷると震えながらソコ・シャネルが中を指さした。

「ちょっとあんた、あれを見てみなさいよ」

楽屋の中をのぞくと、丸椅子に腰掛けたフラワーひとみが唇から指先へと煙草を移し、顎《あご》の先で隅に置かれた段ボールを示した。

「なにか、ありましたか」

「ネズミ」

「ネズミがどうかしましたか」

「ゴキブリよりええやろと思うんやけどな。シャンソン界の大御所が大騒ぎしよるねん」

章介はおそるおそる段ボールを開けてみた。動物の糞尿《ふんにょう》と、歌手と踊り子の衣装に沁《し》みた香水のにおいでこめかみが痛み出す。段ボールの中に、まるまると太った親ネズミと子ネズミがびっしり詰まっていた。段ボールの壁側に親ネズミの胴に合わせたような穴が空いている。いつ入り込み、どこから食べ物を調達していたものか。ネズミとネズミの隙間に見え隠れするのは、店で出している乾き物や菓子の袋だ。裂かれ千切られてはいても、あれもこれもなんとなく見覚えがある。店の掃除が行き届かぬゆえの繁殖なら、章介の責任である。

「すみません、すぐなんとかします」

ガムテープで穴を塞《ふさ》いで外へ持ち出そうとするも、数匹が風の速さで飛び出し、店の絨毯《じゅうたん》に紛れて見えなくなった。ソコ・シャネルが悲鳴を上げる。呪文《じゅもん》のように「すみません」を繰り返し、行く手を塞がれたネズミたちの臭い住処《すみか》を表に出した。店の近くに置いたのでは、この寒さだ。すぐに店内に戻ってきてしまう。

諦《あきら》めの白い息を吐き、章介は寒さをこらえて五十メートル先の川縁《かわべり》へと走った。段ボールは糞尿で湿った底が今にも抜けそうだ。工場や魚屋が入っていた長屋の立ち退《の》きが終わって、コンクリート護岸工事中の川縁は、川面を美しく見せようと懸命だ。

章介はひとつ息を吐き、どこに向かってでもなく「すまん」と怒鳴り、川面めがけて力いっぱい段ボールを放った。

両手から離れたネズミたちは、数メートル先の水面にどぷんと音を立てて、そのまま引き潮の河口へ向かう。部屋に置いてきた骨壺が目の裏に浮かぶのをどうにかしたい。冷え切った皮膚が寒さを通り越して痛みを感じ始めた。

「パラダイス」に戻ると、今度は楽屋の前にタレント三人とマネージャーの木崎がいる。木崎がひときわ涼しい顔で訊ねた。

「名倉くん、問題の奴らはどうにかなった？」

ぜいぜい息を吐きながら「川に」と答えた。満足そうな表情に、それ以上の含みがないことを祈りながら、仁王立ちしているソコ・シャネルを見上げた。

「あたしね、この楽屋じゃとてもじゃないけど待機なんか出来ないのね。だから、フラワーさんと一緒にフロアに出ることにしたの。三人の順番は、マジック、ダンス、そしてトリはあたしの――」

ちょっとお待ちを――木崎が割って入った。

「僕の説明が悪かったならごめんなさい。トリはフラワーさんにつとめていただくということで、ご本人にも了解をいただいているんですが」

そこは譲らぬ姿勢のソコ・シャネルが、じろりとフラワーひとみを見下ろした。

「あんた、そうなの?」

「どっちでもええねんけど、こういうときは店の都合が先に来るやろ。フロアに出るつもりやったら、その怖い顔なんとかしとき」

チャーリー片西だけが、口を開く人間の方を見ては微笑んでいる。

「では、そういうことで。七時の開店までに、ステージで音と位置の確認を済ませておいてください。シャネルさん、楽譜はバンドリーダーのドラマーに人数分お渡しください」

木崎はフラワーひとみに向き直り、音楽はどうするのかと問うた。

「スタンダードの曲を三曲か四曲、スローから入ってくれればどんな曲でもええ。うちはこだわらん性分なんや。バンドマンにそう言うといて。ボン、ええか」

急に話を振られて、慌てて頷いた。にやりと笑った踊り子は、化粧の途中でまだ眉毛《まゆげ》がなかった。

今夜の演し物は、マジック、歌謡ショー、ストリップの順に決まった。ネズミが出る楽屋で待機しているくらいならフロアに出る、というソコ・シャネルの希望も叶《かな》ったようだ。

「衣装はどうしようかしら。最初からドレスで接客して、ステージのときだけマラボーを使うのもいいわね」

「マラボー？」

女装のシャンソン歌手が言う「マラボー」が何を指すのか、こわごわ訊ねた。ソコ・シャネルの唇が四角く開いて再び「そうよ、マラボー」と返ってくる。フラワーひとみが下品な笑い声を立てた。

「ボン、マラはマラでもマラボーや。マラの棒やあらへんで。オーストリッチの羽根マフラーや。なんや、ステージの照明まで任されときながら、マラボーも知らんのか。これやから田舎はあかん。良かったなボン、ひとつ大人になったやないか」

「あたしもカーニバル真子《まこ》みたいにモロッコでちょん切っちゃいたい」

けど、これがね――ソコ・シャネルが体をくねらせながら親指と人差し指で輪を作り、先立つものがないのだと嘆いた。

「ここのフロアでチップを稼がなあかんな」

「そうね、働かざる者、切るべからず」

「そうと決まったら、はよ化粧せな」

さっきまで出演の順番で揉《も》めていたとは思えない調子で、ふたりが顔を見合わせた。章介はほっと肩から力を抜いた。

「開店は七時です。タレントさんの食事は、出番の八時までに近所で食べるか出前を頼むかしていたんですけれど、フロアに出るとなると――」

開店まであと二時間。ミーティングに出るならあと一時間三十分だ。珍しくチャーリー片西が口を開いた。

「近所にどこか美味《おい》しいお店はあるんでしょうか」

章介は「チャーリーさん」のチャまで口に出して慌てて「師匠」に切り替える。

「ラーメンも餃子も、まあまあな定食屋があります。『パラダイス』の名前を出せば多少安くなります」

三人同時に「ラーメン」とハモった。

「決まりですな、では急いで行ってまいりましょう」

「あら、チャーリーさんは出番八時なんだからゆっくりしてもいいのよ」

「いや、おふたりにお供いたします。道に迷っても何ですから」

章介は店のマッチの裏に、定食屋までの簡単な地図を描いた。「パラダイス」からは歩いて三分だと告げると、三人とも口をそろえて「三分も」と再びハモる。誰に渡せばいいのか、ゆらりと視線を泳がせると、ソコ・シャネルの赤い爪がするりとマッチをつまみ上げウインクをした。

「メルシー」

男の顔で男の声で言葉と衣装は女もの――シャンソン歌手は、昨今流行《はや》りのブルーボーイなのだった。


バンドメンバーが楽譜を確認し、段取りが決まったあと、章介はライティングの準備に入った。バンドリーダーでドラマーの潤一《じゅんいち》が章介を冷やかす。

――俺の頭までちゃんとライトあてないと、薄気味の悪い絵面になるからな。章ちゃんしっかり頼むぜ。

バチだけが浮いているステージを想像し、暑くもないのに背中に冷たい汗が流れる。「それも面白いですね」と強がってはみるが、そんなことになったら明日から店の前に「照明係募集」の張り紙が出てしまう。

照明の、ひととおりの作業は頭に残っている。問題はアナウンスだ。忘年会シーズンのキャバレー「パラダイス」の、午後七時半現在の客入りは八割。二階の「アダム&イブ」も五、六割の席が埋まっている。ショーが始まる直前にはほとんどの席が埋まりそうだ。そこかしこから「三億円」「時効」「丸儲《まるもう》け」といった言葉が聞こえてくる。年末に大金の話、それも誰かが丸儲けした「億」という金の話は、捻《ねじ》れて撚《よ》れて、いい酒の肴《さかな》のようだ。

「アダム&イブ」の回廊下部に取り付けた地明かりサスペンションの角度を、継ぎ足したステージの真ん中に合わせてある。マジックはこれで大丈夫だ。チャーリー片西は、マイクの位置と声の拾い加減を確かめたほかは何の注文もないという。

ソコ・シャネルのステージは、おおかたの曲を舞台上で歌うけれど、盛り上がりによってはラストの曲でフロアに降りるという。薄暗いフロアを練り歩くときは、フォローピンスポットで追わねばならない。

――できる？

――やります。

照明の一部をフラワーひとみが指定した色に変えた。踊っているあいだはフォローピンスポットをあて、肌を出し始めたところでパーヨンに変える。ショータイムのトリだ。失敗は許されない。

普段は多くて二人というタレントを、初めての仕事で三人照らすのだった。自分を「素人」と思ったら負けなのだ。漠然とそんな言葉で奮い立たせた裡《うち》に、博打で一生を食い潰した父の血を感じ取って首をぶんぶんと横に振った。

ステージから向かって右側の壁近くに設置した照明器具の、首の振り加減を確かめる。息を吐いて吸って吐いて――吸おうとしたところで真横にチャーリー片西が立っていた。いつからそこにいたのか。丸くて小さい顔に柿の種を貼り付けたような目と常に上がった口角は、どんな感情も伝えてこない。

「名倉さん、今日が照明デビューなんですってね」

「ええ、まあ。でもひととおりのことは習っていますし大丈夫です。安心してください」

章介の見栄《みえ》をどう解釈したのか、チャーリー片西は「うんうん」と頷いた。タレントたちの好意的な視線に慣れていないせいか、続かぬ会話の間が少々薄気味悪く感じられ、章介はぽつりと「問題はアナウンスなんです」と漏らした。

「アナウンスがどうかしましたか」

「紹介するときにトチらないか心配で」

「お話、苦手ですか」

「自信ないです」

ふんふんと相づちを打っていたチャーリー片西が、するりと言った。

「では、わたしがやりましょう」

聞き間違いではないかと顔を見る。酔いのまわった漁師や炭鉱マン、背広姿の客とホステスがひしめく店内の喧噪《けんそう》がぷつりと途切れたように感じ、章介は彼の、会ってから初めて見る自信たっぷりの笑顔に問うた。

「師匠、いいんですか」

「ええ、ギャラの割り増しとか面倒なことを言い出したりはしませんから、ご安心ください」

小男が天使に見えたところで、ショータイムが近づいてきた。責任者はマネージャーの木崎だが楽屋とタレントの世話、ショーにまつわる細かな準備は章介に任されている。ここで照明係として使いものになれば、居場所も増える。しかし、照明だけでも手一杯なところにタレント紹介も、となればなにか取りこぼしそうで内臓が震える。

章介は素直にチャーリー片西に頭を下げた。

スポットの持ち手に引っかけたラックからマイクを手に取った。チャーリー片西がにこやかに頷き、それを受け取る。

客も席で女の子の尻を触りながら「三億円」の使い途を説きつつショーを待っている。常連がナンバーワンホステスがいないことに気づくのはもう少し後のことだ。まさかあの賢いホステスが、腺病質《せんびょうしつ》で気難しそうな照明係と出奔するとは思わなかったが、逃げるならどこまでも逃げて欲しかった。父が死ぬまで逃げられなかった母親のことを思えば、人間逃げるが勝ちに思えるのだった。

八時——

マイクを片手にしたマジシャンが軽く咳払いをする。章介はチャーリー片西を抵抗なく「師匠」と呼んだ。

「師匠、よろしくお願いします」

照明を落とした「パラダイス」の店内は、半分になった喧噪がさざ波になって薄れてゆく。飲み込んだ唾《つば》の音が横にいる師匠のマイクに拾われないかと息を止めた。

——レディース&ジェントルメン、えーんどおとっつぁん、あぁんどおっかさん。グッドイブニングおこんばんは～、グッドアフタヌーンおこんにちは～。

フロアが一階二階かまわず拍手で埋まる。一拍置いて、師匠がもったいつけたあと甲高い声を張り上げた。

「本日はキャバレー『パラダイス』へようこそ。年の瀬も迫り、時効を迎えた三億円も無事天下を回り始めました。今宵《こよい》ひととき、遠くラスベガスからはるばるやって参りました、当代きってのマジシャン、チャーリー片西のマジックファンタジーをお楽しみください」

あちらこちらから「なんだトニー谷《たに》じゃねえのか」「誰だ、チャーリー片西って」という囁《ささや》きが聞こえてくる。呆気《あっけ》にとられているうちに、涼しい顔でマイクをラックに戻した師匠がボックス席を縫って歩き出した。章介は慌ててその背中をスポットで追った。

一階フロアから二階から、拍手が師匠を迎える。ドラムが低く鳴り響く。ピアノとギターが「オリーブの首飾り」を弾き始めた。その自己紹介アナウンスとは打って変わった、遠慮がちな師匠がステージで一礼した。スポットをあてたまま、師匠を見守る。

「どうも、ただいまご紹介にあずかりましたチャーリー片西でございます。世界的有名マジシャンなので、この国ではあまり活動してはいないんですが、世界へ行くとまぁまぁなんでございます。特にね、ラスベガス。あそこはいいですよ、誰もこっちを見ていないもんですから、紹介されたまま永遠に有名マジシャンでいられるわけです」

そこで、師匠のよれた上着の裾からどさりと何かが落ちた。笑うタイミングを逃したステージ前のボックス客がどよめく。ホステスたちのちいさな悲鳴が聞こえた。

師匠の足下で白いものがもぞもぞと動き始めた。

「おやお前こんなところに。まだ早いですよ、困りましたね」

マイクに向かってそうつぶやいた師匠は、さっと白い落とし物を拾い上げる。

鳩《はと》だった——

師匠の両手に包まれた鳩が羽をもぞもぞと動かしながらだんだんその体を大きくしてゆく。一度、ふわりと羽を広げた鳩の頭をなでたあと、手のひらでくるくると丸めて、師匠は上着の内側へと戻した。

前の席からさざ波のように笑いが広がってゆく。ステージを見下ろせる「アダム&イブ」からの笑い声も降ってくる。

なんだこりゃあ——

呆気にとられる客に向かって、師匠が「すみませんねえ」と言いながら、上着のポケットに手を入れトランプを取り出す。鮮やかな手つきでシャッフル——しているように見えたのはほんの数秒だった。

師匠は右手から左手へ、落下させながらトランプを移動させるところで、今度はトランプを落としたのだった。途端、今度は遠慮のない笑いが店内を包み込んだ。たいがいのアクシデントには慣れっこのはずのドラマーが、一瞬目をむいた。章介も、一曲のうちに二度も失敗をしたマジシャンを初めて見た。

師匠は何食わぬ顔で床に散ったトランプをかき集めると、もう一度右手から左手へ、カードを落下させた——が、再びトランプは床に落ちた。

ギターもなす術《すべ》がないのか、曲を絶妙なタイミングで泣きのギターに変えた。泣いてもおかしくない師匠はといえば、黙って落ちたカードを見下ろしている。両手をだらりとさげて、呆然《ぼうぜん》と床を見ている。

章介はマイクに手を伸ばしかけた。ここでひとこと「ここまでのステージはチャーリー片西さんでした」と言えば済む。済まないのはその後のことだが、とりあえずこの窮地を切り抜けるにはステージを降りてもらうしかない。

覚悟を決めてひとつ大きく息を吸ったところで、師匠がポケットから赤いハンカチを取り出した。まだやるつもりらしい。ギターは演奏を続ける。低く、ドラムが戻ってきた。

この期に及んでステージを続けるマジシャンを、不穏な気配が包んでいる。客席には妙な一体感が漂い始めていた。一度くらい成功の拍手をおくりたいという善意の隣にある、最後まで失敗してほしいという期待だ。

応援と好奇心に勝ったものか負けたものか、世界的マジシャン、チャーリー片西の手の中で揉まれた赤いハンカチから、バネに似た動きの羽根の花が飛び出した。ぱらぱらとだが、拍手が起こる。花のあとにやっと鳩が一羽ハンカチから顔を出した。

柿の種そっくりな目がわずかに下がったように思えたそのとき、師匠の上着の襟口から二羽の鳩が飛び出し、一羽は全身を震わせながら羽を広げると、肩にいる間も惜しむように飛び立った。どさりと床に落ちたもう一羽が、夢から覚めたように遅れて飛び立ち、二階の手すりで羽を休ませる。客も章介も鳩に気をとられた。

スポットの手が遅れたことに気づいたときには、ステージにもう師匠の姿はなかった。慌ててマイクを持とうとしたとき、さっと背後から手が伸びた。

ステージに立っているときの姿を想像させない声で、師匠が高らかに「マジシャン、チャーリー片西でした。みなさま盛大な拍手、ありがとうございます」とフロアに催促をした。

最初はぱらぱらと、やがて笑いとともに投げやりな拍手が起こり、その空間に鳩が舞った。さびしいのか面白いのか、もしかすると安堵《あんど》なのか、名前のつけようのない心持ちが章介に押し寄せてくる。鳩が二羽、マイクを持った師匠の肩に戻ってきた。

暗転させ再びスポットをあてたところで、その中にソコ・シャネルが入っていなくてはいけない運びになっている。あたりを見回すと、大きなラメの衣装が舞台袖《そで》のカーテンにちらついている。章介は慌ててステージのライトを落とした。

一曲目のイントロを長めに取ってある。師匠がマイクを握り直す。一発勝負だ。

「歌は世に連れ世は歌に連れ、流れ流れるこの世には浮世と名付けた川がある。人の心の奥底で浮かんで沈む恋心、さて次のステージを務めますはシャンソン界が誇るソコ・シャネル。今夜あなたに届けます一曲目は『ろくでなし』、はりきってどうぞ」

章介は二本のライトを天井から降らせた。

金髪のカツラをかぶり鮮やかなラメ入りのブルーのドレスをまとい、首に真っ白なオーストリッチのマラボーをさげたソコ・シャネルがスタンドマイクの前に立っている。

――古いこの酒場で
パンチの効いた男声と胸に詰め物をしたドレス姿、ドレスより青いアイシャドーが浮かび上がる。かすかなどよめきも、ソコ・シャネルにとっては計算のうちらしい。笑ったりヤジを飛ばす客には、白いマラボーの先を向けて威嚇している。

――おだまり。

「ろくでなし」はベストな選曲だった。バンドものっている。よくよく聴けば、コスチュームが奇抜なだけで歌は上手《うま》い。フロアを束ねる迫力もある。章介は肩口を照明器具の熱に炙《あぶ》られながら「へぇ」と頷いた。

「マイ・ウェイ」「サン・トワ・マミー」と三曲続けて歌ったあと、バンドが低くスローなジャズを挟む。彼――彼女がぐるりとフロアを見渡し、喉仏《のどぼとけ》を突き出すようにして二階席に顔を向けた。

「そんな高いところからアタシを見下ろして、なんて幸運な人たち。チップはネクタイに結んで下ろしてくれて結構よ。照明の坊やに取りに行かせるわ」

化けもん――怒声に似たヤジが飛ぶ。酔っ払った漁師の巻き舌が「演歌を歌え」と続く。歌手の慈愛に満ちた台詞《せりふ》がそれをかき消した。

「演歌もロックも、みんなシャンソンなの。ひとの生きる切なさや怒りを閉じ込めた歌は、みなシャンソンと呼ぶのよ」

煙草の煙でスポットがいっそう太い輪郭を得る。「パラダイス」「アダム&イブ」のフロアはソコ・シャネルの手の中にあるように見えた。

客席と半分ケンカに似たやりとりをしたあと彼女は「18才の彼」を歌い始めた。ワンコーラス歌い、その体に似た大粒の涙をひとつこぼした。年若い男との逢瀬《おうせ》は心を潤わせながらも深い場所に傷を作る。章介の脳裏を、可愛がってくれた年増のホステスや歌手が通り過ぎてゆく。歌い終えたソコ・シャネルの口上に、客席がまた沸いた。

「誰が聴いていなくても、アタシは歌う。底の底まで落ちたって、どんなどん底にいようとも、歌い続ける、アタシはソコ・シャネル」

彼女の名の由来はどん底のソコなのだった。

ラストの一曲は「夢みるシャンソン人形」だ。フロアに降りても、ソコ・シャネルは大きかった。上半身にあてたライトが軽々と客席の頭を越えてゆく。詰め物で盛った胸にチップが挟み込まれる。大きな赤い唇が「ありがとう」のかたちに開く。

どこで羽を休ませていたのか、白い鳩がスポットの中へと戻ってきた。「あっ」という声が上がり、焦った鳩が慌てて羽をたたんだのは、ソコ・シャネルの頭のてっぺんだった。スプレーで固めた金色のカツラに脚を取られた鳩が、再び飛び立とうと頭上で暴れ始める。店内は一階も二階も大騒ぎで、誰も歌どころではなくなった。

ソコ・シャネルは鳩にカツラを持って行かれぬよう耳のあたりをおさえながら「夢みるシャンソン人形」を歌い終えた。

章介は笑いを堪《こら》えながら彼女を楽屋カーテンの前まで追いかけ、スポットを切った。客席の笑いと騒ぎが収まるのを待っているあいだ、ボーイがずいぶん客席に呼ばれているのを見た。ホステス用の飲み物が出ている様子を見れば、ショータイムは成功しているようだ。

落ち着いた店内をぐるりと見回したあと、ストリップショーへと移り変わるステージの紹介は短かった。

――続きましては、セクシーダンサー、フラワーひとみさんのステージをお楽しみください。

師匠に背中を撫《な》でられ、はっとしてステージを見る。踊り子はもうスタンバイしていた。慌ててライトを合わせる。

元はジャズメンたちで構成されたバンドが、どこかで聴いたことのあるスローなナンバーを演奏し始めた。ライトの真ん中で、フラワーひとみが肩口を揺らして踊る。

早く脱げ――ダミ声のヤジが飛んだ。

フラワーひとみは、素顔を想像もさせない、鼻の高さから目元の彫りの深さ、赤い唇も、客席にいるときは目立たないホステスだったものが、ライトを浴びるだけでフランス製のマネキンに変わった。ビートのきいた曲では、腰を前後に揺らして体を上下させる。まるで両脚の間に男を挟んでいるような姿だ。ときおり「おお」という声が客席から漏れる。

肩口からするりとガウンを滑らせ、そのまま脱ぐのか脱がぬのかライトで透ける背中には、羽によく似た肩甲骨が上下していた。ひとみの首がゆるりと章介のほうへ向けられる。顎を軽くひねった。師匠が隣で「ライト」と囁いた。

ライトの色をひとみが持ってきたセロファンに変える。ドラムがしゃらしゃらとした砂の音になる。ギターが泣き始めた。

濃いピンク色に染まった踊り子の肌がなまめかしくうねり、乳房が揺れる。ヤジはもう飛ばない。床に落としたガウンの上でちいさなショーツ一枚になった彼女が、片足を耳のあたりまで持ち上げた。指先がショーツをなで回し始めると踊り子は目を閉じ、唇を開く。ジーンズがきつく感じられ、章介は尻をちいさく左右に振った。悔しさで舌を鳴らしそうになる。あんな年増に反応する自分の、パンツの中身が情けなかった。

その夜二度目のステージで、師匠は見事に同じ失敗を重ね、入れ替わった客から同じようなヤジを浴びた。違っていたのは、ラストの挨拶《あいさつ》で「これではチャーリー片西ではなく、カタナシですな」が入ったことくらいだ。もちろんまったく受けない。

客が帰った店内の片付けをしている章介のそばに、木崎がやってきた。フロア係がだるそうな仕草で章介の手にあった灰皿を持って行く。

「名倉くん、今日はタレントさんたちを寮まで案内して欲しいんで、上がって」

自分の寝起きしているアパートが「パラダイス」の寮だったことを思い出すのに少し間が空いた。噂が浸透しているのか、タレントたちは滅多なことでは「寮に入ります」とは言わない。木崎も意外だったとみえて、わずかに声を落とした。

「上手く伝わってなかったみたいなんだ。真冬にあの建て付けだしね、後から文句言われるのも何だしさ。無料の寮もありますが老朽化で今はほとんど使われてない、って言ったつもりなんだけど。三人とも、寮があるならそっちで寝起きするって言うんだよ。こんなこと久しぶりでびっくりしてる」

「三人とも、あそこに寝泊まりするんですか？」

「長期滞在用の旅館もありますしご紹介しますよ、って言ったんだよ。だけどさ――」

木崎が不安げな目つきで首を横に振った。無料の宿泊施設を使わない場合は、タレントの持ち出しである。三人は章介に案内してもらうのを楽屋で待っているという。慌てても落ち着いても、結果は変わらない。三人が本当にあのボロアパートで暮らせるかどうか、結果はどうあれ今日は連れて行かねばならないのだった。

「分かりました。じゃあ、早めに上がります」

よろしく頼むよ――木崎はそう言ったあと、表情を穏やかなものに変えて章介の肩を二度叩いた。

「照明、良かったよ。アナウンスは絶品。あの先生はマジックやめて司会業やったほうがいいと思うね」

給料はオーナーに掛け合うから、と言われれば素直に嬉《うれ》しい。下働きからいきなり照明係という居場所を与えられて、照れくさい気持ちを深々としたお辞儀に変えた。

照明係と一緒に逃げたナンバーワンは、その日章介の耳に入ってきたホステスたちの情報を組み立てると、夫も子供もいたという。彼女がすべてを捨ててついてゆくほどの何が、あの気弱そうな男にあったのか。誰も想像出来なかったと、そこだけはみな感心した。

閉店後、まだ噂話のざわめきが残る「パラダイス」で、夜仕事の長い六十代のホステスが「ここは喜んでやるところだよ」とフロアで噂話に花を咲かせるスズメたちを一蹴《いっしゅう》した。

――この先痛い思いしながらでも生きて行こうってんだから、長患いが終わったことを喜んでやらなけりゃ。戻ってきたら、そっちが思いだったと一緒に笑ってやればいいのさ。みんなこの世とあの世を行ったり来たりだ。あたしはそんなの何遍も見てきたよ。

ベテランのひとことに納得させられて、フロアはたちまち静かになった。

さて、と楽屋のドアをノックする。中からソコ・シャネルが「はぁい」と返した。

「その後、ネズミは出ていませんか」

「やだ、思い出させないでちょうだい」

師匠はもちろん、ブルーボーイもストリッパーも素顔だ。三人とも、今夜なにごともなかったような顔をして、狭い楽屋に並んで座って章介を見ている。

「マネージャーから、寮のほうに案内するように言われてます。用意はいいですか」

心の準備も、と問いたくなる。

部屋は三つ、ストーブもそれぞれポータブルがひとつずつ置いてあるはずだが、灯油の予備は二十リットル入りがひとつしかない。三部屋で分けて同時に使ったらひと晩でなくなってしまう。

衣装や小道具を楽屋に置いて、みな自分の荷物を手に持った。師匠のバッグには鳩も入っている。氷点下でも生きていられるのかどうか訊ねた。

「ちいさくたたんで、暖かくはしてあげていますがね、どうでしょうね。うちの子は羽を切っていないのでね。早く暖かいところで羽を広げたいだろうと思いますよ」

橋の上で「寒い」「凍える」「死んじゃう」を連発するシャネルと、歯の音が聞こえそうなくらい震えるひとみと、大きな黒いバッグを胸に抱えた師匠を連れて、章介は「パラダイス」の寮へと戻った。

なにこれ——

いつもは手探りで部屋に戻るのだが、今日は明かりを、と玄関のスイッチに手を伸ばした。気づかぬうちに電球が切れていた。仕方なく、トイレのドアを開け、中の明かりを漏らしながら部屋へと案内する。

「いやだ、いまどき和式のくみ取りよ」

「スリッパは？　足の裏がしもやけになっちゃいそう」

滝のような文句を垂れ流すシャネルを、廊下を隔てた向かい側の真ん中の部屋へと案内する。右端はフラワーひとみ、章介の真向かいは師匠にした。女、中間、男、の順に並べてみたのだがどうだろう。

「いいでしょうか」

異論はなさそうだ。

「押し入れに、布団がひと組ずつ入っています。ストーブは、ひと晩分くらいは灯油が入っていると思います」

部屋の明かりは天井からぶら下がっている笠《かさ》電灯ひとつ。台所付きには違いないが、水道は凍るのでどの部屋も元栓で止めてあった。今までほとんど気にしたこともなかったが、建物に自分以外の人間がいると、不思議なほどトイレの臭いが気になった。

章介はおそるおそる三人に訊ねた。

「やっぱり水道、使いますよね」

ドアの前で震えながら、シャネルが首を縦に振った。師匠はわずかに首を傾げ、ひとみは「さむ」と言ってさっさと部屋に入った。

「もう遅いですし、水は明日の朝ということで」

そう言ってシャネルを促してくれたのは師匠だった。章介はほっとして頭を下げた。顔を上げたとき、ふたりはもう廊下にいなかった。

章介は台所に汲《く》み置いたバケツの水を、湯飲み茶碗《ぢやわん》ですくって歯を磨いた。ブラシの毛先がすべて外側を向いている。母と暮らしていたときなら、すぐさま台所の掃除に使われてしまいそうな傷み具合だ。

こんな習慣が残っているのは、母親が「歯と肝臓は自分で守れる」と口を酸っぱく言い続けていたからだろう。酒と博打で命を落とした父の、遺骨をちらと見た。

――結局、俺んとこかよ。

金の無心もしないし別段同じ部屋にいても迷惑をかけられることもない。小さくなって、場所も取らず、口もきかず癇《かん》に障ることもなく、神経を逆なでもしなければこちらが何を思おうと恨みがましい目にもならない。人間、死ぬというのはこういうことなのかと腑《ふ》に落ちる。

改めて父の遺骨を見ても特別な感傷は起こらなかった。骨になってやっと夫を捨てる気持ちになった母のことも「母ちゃんもやるときはやるんだな」と、喜んであげられる。

火の気のないままで眠れる気はしなかった。黙っているだけで耳から頭から、体温が奪われてゆく。ポータブルの反射板ストーブに火を入れた。火の色を見るだけでも違うのだ。腹と背中を適当に炙ってから布団に入らねば、どんなに疲れていても眠れない。

明日は灯油を買いに行かねばと思いながらストーブに手をかざしていると、激しい物音に飛び上がった。シャネルが章介の部屋のドアを叩きながら怒鳴っている。

「ちょっとあんた、いい加減にしなさいよ。こんなところで寝られるわけないでしょう」

やはり、という気持ちと灯油の減り具合と時計が指している午前一時に、一気に気が滅入《めい》る。

ドアの前で「ネズミがいる」と訴えるシャネルの瞳《ひとみ》には涙がにじんでいる。

「いるのよ、あの部屋にも、いるのよ。怖い、なんとかして」

ほぼ外と変わらない温度の廊下へ、師匠もひとみも出てきた。らくだの上下に腹巻きをしてステージ衣装の上着を羽織った師匠はひどく間抜けだし、ありったけの服を着込んだひとみは、セーターの上にセーターを重ね、下はジャージという姿だ。

「真ん中の部屋におるいうことは、端の部屋にも繋《つな》がってるいうことや。ネズミはどこでも前歯ひとつで行きよるからな」

「布団を出そうと思ったら、押し入れが綿だらけなのよ。ネズミの巣よ、巣。段ボールどころじゃないわ、あたしがネズミの巣に入れられたようなもんよ」

「泣くほどのことやないで。大げさな」

「北のはずれまで来て、ネズミと同居なんて出来ないわ。がさつなあんたと一緒にしないでちょうだい」

「一緒もなんも、あんたとはなにひとつ同じもんないで」

ドアを開けておくだけで寒いので、シャネルを部屋に入れた。ためらう様子もなく師匠も入ってくる。内側から章介の部屋のドアを閉めたのはひとみだった。全員が集まると、八畳の部屋がひどく狭い。

ぐるりと見回し「ここもなんにもないわ」とシャネルが言った。いつの間にか涙声ではなくなっている。「ボンの部屋かぁ」と漏らしたシャネルにかぶせて、ひとみがぼそりとつぶやいた。

「なんや、ここに来るのが目的やったんか」

シャネルひとりを部屋に入れたときのことを想像し、ぞっとした。頭ひとつ上背があり、体の幅は二倍だ。年増のホステスに迫られたときの比ではない。

ストーブは使えるかどうか訊ねた。三人とも、首を横に振った。灯油が残っているかも、という甘い考えは消えた。

章介を押しのけてストーブの前へ座り込んだシャネルが「はぁぁ」と大きなため息を漏らす。

「ひどいところに来ちゃったわ」

ひどい面子《メンツ》がそろったと喉元まで出かかったが、頭を下げることで堪えた。

「あんな寒くて汚い部屋には戻れないわ」とシャネルがつよい口調で同意を求めている。

「そない言うても、ここしかないんやから、どうにかするしかないやろ。ボンに文句言うたかて、この子も『パラダイス』の使用人やで」

全員が黙り込んでの数秒後、師匠が「そうですねえ」と腰を浮かした。

「まず、部屋の様子を見てきましょうか」

師匠が立ち上がった。次にひとみ、そしてシャネル。章介も師匠のあとに続いた。廊下はどこからか風が吹き込み、笛みたいな音がしている。

真ん中の部屋は、シャネルが「こんなところじゃ眠れない」というのもうなずける荒らされっぷりだ。ネズミたちがどれだけ自由にしていたのか、押し入れに敷き詰められた布団の綿を見て想像出来た。加えてこの臭いでは、ひと晩も無理だろう。

あんたのところはどうなんだ、と問われたひとみは「似たようなもんや」と答えた。仕方なく章介は「僕のところがいちばんまともだと思います」と告げ、謝った。

「あんたが謝ることやないで」とひとみが追いかけてくる。

「だいたい、さっきからどうでもええことばっかり謝っとるやろ。ボン、あんた自分に責任ないのよう分かってて頭下げとるんやで」

そういうのをずるい言うんや、と言われれば返す言葉もなかった。

まぁまぁ――師匠がひとみに向かって両方の手のひらを見せる。師匠の腹巻きから二羽の鳩が顔を出した。もう一羽も中にいるらしく、腹巻きの動きだけ見ているとまるでホラー映画だ。

鳩は――不意に自分の口から妙な質問が滑り出た。

「師匠の鳩は、だいじょうぶですか」

「まぁ、寒いでしょうねえ」

返ってきた言葉も間が抜けている。ストーブに灯油を、と提案しかけたところで、師匠が続けた。

「ひとりひと部屋にばらけようと思うから寒いわけです。相部屋とすれば、燃料代も浮きますでしょう」

師匠の布団はネズミの巣とはなっていないが、湿気と黴《かび》で使えるようなものではないという。

「布団は明日なんとかするとして。この分ですと、使える部屋は二部屋ということですな」

章介と師匠の部屋は、暖房さえ入れればなんとかなるようだ。その意見には同意するけれど――相部屋の言葉にはピンとこない。シャネルが急に嬉々《きき》とした声になる。

「相部屋っていう手があったわねえ。さすがマジシャン、いいこと言うわね」

「マジシャンは関係ないやろ」

ひとみのひと言を合図に、彼女とシャネルの足が迷いなく章介の部屋へ向く。師匠はひとあし遅れて、鳩の鳥かごを持って章介の部屋へとやってきた。相部屋案が通ってしまったのだと気づき、章介はひとりひとりの顔を見た。

反射板ストーブの赤いドームから、少しでも暖を取ろうとして、四人の大人が体を寄せ合って座る。三人は安心しきった表情だ。鳥かごには赤いカバーが掛けられていた。

タレント優先の寮で、使える部屋が足りなくなれば出て行かねばならないのは章介である。

初めての照明係をやり遂げて、心身は疲れ切っている。そろそろ眠りたい。

「とりあえず今夜は、ここで寝ましょう」

部屋主に断らずにその場をまとめたのは師匠だった。ひと眠りしてから、布団と燃料について対策を練ろうという。

四人はストーブの前でありったけの衣類を着込み、章介の掛け敷き二枚の布団の上に転がった。赤々とした熱源のドームに照らされながら、シャネルが言った。

「あたしはボンと同じ部屋よね」

しらけた声でひとみが「まさにパラダイスやな」と返す。師匠はそんなやりとりなど気にする風もなく「名倉くんとわたしが相部屋ですよ」と言ってその場を収めた。

最初の寝息が誰のものだったのか。つよい寝息はやがていびきに変わった。

章介は一日の出来事を振り返る。父の遺骨、照明係とナンバーワンの出奔、なんとか務めた照明──そして、師匠とブルーボーイとストリッパー。

眠りの中へと落ちてゆく途中、偶然を装った父と会った。

──おう、元気そうだな。

──なんだよ、死んでからも俺につきまとうのかよ。

──そんな言い方すんなよ、俺もお前も行くところないの同じだろう。

──死んじまったんだから、もういい加減にしてくれよ。骨になったなら少しはおとなしくしててくれ。

――俺はもう、お前が呼ばない限り会えないことになってんだよ。言っとくが呼んだのはお前なんだからな。

死んでもまだ、自分勝手な性分は直らないようだ。ふん、と鼻筋に皺を寄せて一瞬目を瞑《つむ》ったところで、父の姿は消えていた。


ということなんです――翌日出勤した章介が事務所でひととおり寮の状況を説明すると、木崎の眉が八の字になった。

「夏の湿気とあの安普請だから、おおかたのことは予想出来たんだけどねえ」

木崎が最も驚いているのは、誰も旅館を世話してくれとは言い出さなかったことらしい。

「本当にあそこに住むって言ってるの？」

「相部屋でもいいって言ってます」

「名倉くんは、それでもいいの？」

「俺は――タレントさんたちで埋まったら、あそこを出て行かなきゃいけないし」

それはいいからさ、と優しげな表情を向けられると、却《かえ》って居心地が悪い。木崎は「相部屋としてもさ」と続けた。

「さしあたって足りないものは、布団と燃料だよね」

彼は「こういうときのための、いいのがあるんだ」と言うと、事務所備え付けの電話番号表を取り出し、一か所で視線を止めてすぐに電話を掛けた。

——布団四組です、はい。へえ、そうなんですか——いや、そこまで高級なものは——

メモに向けていた視線が一瞬章介の顔を撫でていった。ボールペンの先が「月一万、フルセット」を指していた。

——できれば今日届けてもらいたいんですけれど。いや、急なことですみません、ありがとうございます。ええ、支払いは「パラダイス」の方にお願いします。

布団四組、パラダイスで支払い、月一万、が章介の頭の中でぐるぐると三周した。電話を切ったあと、マネージャーが「何とかなったよ」と微笑んだ。

「二時間後には届けられるって。名倉くんもよくそんな布団使ってたね」

午後五時半に、悪いが寮に戻ってみてくれないかと言われ、二つ返事で頭を下げた。

「宿泊施設有りって謳《うた》っておいて、使いたくないっていうタレントのわがままに甘えてたのは僕の方だから。いきなり使うって言われて驚いたけど、多少足が出たって、事務所に文句言われるよりいいさ」

「木崎さんって——」

思わず「いい人ですね」という言葉が漏れた。呆《あき》れた顔で「何言ってんの」と返ってくる。章介はといえば「相談してもらって嬉しかった」と言われ、これが相談だったのかと気づく始末だった。

左官屋を辞めるときも、「パラダイス」で働くときも、金に困っても、誰にも相談をしたことがなかった。章介の採用を決めた木崎に「住み込みの働き口を辞めて住むところはどうするの」と問われて「ないです」と答えた日を思い出す。少なくとも、あれは相談ではなかった。

黙々と与えられた仕事をやってきた。分からないことは訊ねたし、訊ねれば誰かが教えてくれた。それもやっぱり、相談ではなかったのだ。

「名倉くん、どうした？　そんな顔して」

「俺、どんな顔してますか」

ボケッとしていると言われ、ああそうかと頷いた。腕の時計を見る。章介が出勤するときストーブ前でゴロゴロしていたふたりも、いい加減起き上がり今日の準備を始めている頃だろうか。師匠だけは鳩に餌をやっており、ラジオから流れる曲にあわせて鼻で歌っていた。「行ってきます」も「行ってらっしゃい」も、久しぶりに触れた言葉だった。

不思議なことに、布団が届いて喜ぶ三人の顔を見てみたくなっている。章介は急いでフロアの準備を整え、照明機材の不備はないかどうか確かめ、寮に向かって走った。寒風がジーンズの裾からダッフルコートの袖口から容赦なく入って来る。橋の上を急いでいると、河口から向こう側に広がる海、遠い沖の水平線に真っ赤な帯が走っていた。雲と海の間に、確かに晴れた空がある。不思議と赤が映える海と空だった。

部屋に戻ると、シャネルとひとみが化粧を始めていた。師匠は仕事着の黒い背広に着替え、ストーブ前でトランプを持っている。

出勤したはずの章介が戻ってきたので、シャネルがなにか差し入れが入ると勘違いしたらしい。

「良かったわボン、お腹が空いて死にそうだったのよ」

「阿呆、よう見てみ。なにも持っとらんやないか。食わな働けんで。はよ支度せな」

師匠が右手から左手へ、なめらかにトランプを移しながら「どうしました?」と顔を上げた。

「これから布団が届くので、受け取ったらまた店に戻ります」

そろそろ届くはずだと言うと、三人の顔がぱっと華やいだ。片方だけ描いたひとみの眉毛も、ぐっと持ち上がる。額に三本、深々とした波が打った。

「そりゃあ良かった」

師匠の左手から右手へ、トランプが滝のように美しく流れてゆく。すべて繋がっているのではないかと疑ってしまうほどだ。

師匠は右手だけでシャカシャカとカードを混ぜ合わせたあと、いちばん上にあった一枚をパッと宙に飛ばし、さっと左の指先に挟んだ瞬間ぴしりとポーズを決めた。

思わず拍手をした章介の方を向いて頭を下げる師匠は、なんだか恥ずかしそうにしている。

「師匠、すごいですね」

「いや、これはマジックじゃないんです。ただのフラリッシュ。こういうことをすると、マジックが上手そうに見えるんですよ」

立て続けに失敗をした昨夜のステージのことを思い出した。これが本来の師匠の腕前とすれば頼もしい。東京から鉄路を使ってやってきたマジシャンだ。昨日は移動の後で、多少疲れてもいたのだろう。章介はほっとして、繰り返される師匠のカードさばきを見た。

おそらく住み始めてから初めて、玄関先に「ごめんください」の声を聞く。木崎が頼んでくれた布団が届いたらしい。

「毎度さん、組布団ば四組、こっちでいかったかい」

浜の言葉丸出しの、小柄なおやじだ。「そうです」と答えると、早速四組の布団袋が玄関に運び込まれた。

半ば隈取《くまど》りに似た派手な化粧をした大男が現れ、次々に布団を部屋へと運び込むのを見て、届けたおやじも一瞬目をむいたが、伝票に「パラダイス」とサインをするとにこやかに帰って行った。

「ボンの部屋に二組、師匠の部屋に二組でいいのね」

「はい――いや、師匠は俺と同室ですから、向かいの部屋はシャネルさんとフラワーさんでお使いください」

シャネルがふんと鼻を鳴らし「分かってるってば」と背を向けた。

「まぁ、ちょっと怖がってるくらいが可愛いのよねえ」というからかいに、心底ぞっとしながら、章介は店に戻ることを告げた。

不意に、ひとみが背後から低い声で「ボン」と呼び止める。なんですか――閉めかけたドアをまた開いた。

「ボン、ここにあるお骨、いったい誰のや」

ひとみが頰に紅刷毛《べにはけ》を滑らせながら訊ねてきた。顎が示した先に、部屋の隅に追いやってあった父の骨箱がある。師匠の視線がちらりとそれを撫でてゆく。シャネルが「気になってたけどねえ」とつぶやいた。

「それ、親父です」

「仏壇もなし、線香もあげんと、部屋の隅に置かれとったらなんぼ出来た親父でも化けて出るんと違うか」

「いや、そういう人間じゃないです。見苦しくてすみません」

「なんでこないにしとるねん、ボンの親父」

そろそろ店に戻らねば、と思いながら、しかしひとみの追及は止まらない。唇に紅を入れると、昨夜ちいさなパンツ一枚で体をくねらせていたストリッパーに変わった。

「母親が昨日の朝、置いてったんです。荷物になるからって」

「おかん、どこに行きよった」

「わかりません、好きなところに行けるようになって、良かったとは思いますけど」

「そんなに不自由しとったんか」

「その親父が、下手くそな博打うちだったもんで」

部屋に、師匠の手から流れるカードの音が響いた。

「いつ、死んでしもたんや」

「秋口だったと思います」

「思います、てどゆことや」

「俺、葬式も出てないから」

「死に目にもあわんかった言うことか」

はい――それが特別な親不孝だったとも思わない。ぼやぼやしていると、ひとみから面倒な説教が漏れ出しそうで、わざと腕の時計を見た。

「なるほどな」というひとことで解放され、章介は店までの道を、小走りで戻る。とっぷりと暮れた街へと向かう足はどこか軽やかだ。なぜだろうかと、川面に映るオレンジ色の街灯を見下ろす。

師走の海風は刃物に似ていた。冷えた皮膚は感覚もなくなり、どこを切られても分からないに違いない。章介の眼下に広がる川面には、細かく割れたモザイク柄の街が映り込んでいた。

ああ、と腑に落ちた。生きているときも死んでからも、章介が父のことを他人に話したのは初めてのことだった。仕事を休むこともなかったので、店にも報告していない。する必要がなかったのだ。

無理やり口を開かされたような気もするけれど、ひとみにつよく訊《き》かれなければ言わなかった。それに、と小走りをやめて歩きながら、自分の吐く白い息を割る。

なにやら、父親の死に目にあわなかったことに対して無意識にでも負い目を感じていたらしい。それもまた不思議な気づきだった。自分の裡に、そんな湿ったものが存在していたことが可笑しくて、心持ちは更に乾いてゆく。

木崎に布団の礼を言ったあと、準備が整ったフロアに出た。同僚に挨拶をするも、三人にひとりが冷たい態度である。黒服も厨房《ちゅうぼう》も飛び越えての照明係抜擢《ばってき》だ。多少のやっかみは仕方ないのだろう。

若いところで二十八、上は還暦というホステスたちが次々にフロアに出てくる。ドレス、和服、ラメ入りのスーツ。きらびやかな衣装は決して陽の高いところで見てはいけない。そんなことをしたら、いっとき親切だったホステスの部屋を出るときの、あの得体の知れない感情が押し寄せてくる。

客が入り始めた「パラダイス」で、今日ひときわ目立っていたのはシャネルだった。白いロングドレスの胸には伝線したストッキングが詰め込まれている。昨日は様子見でおとなしくしていたのかと思うほど、大声で笑い、客をいじり倒していた。

——だから、オカマじゃないんだってば。シャンソン歌手よ。あたしのステージ、ちゃんと見ていってちょうだい。レコードだって出してるんだから。

ときどきそんなシャネルの肩を叩き、なにか囁いては「おだまり」と返されているひとみは、そのたびにゲラゲラと品のない声で笑った。客はブルーボーイとストリッパーのかけ合いが面白くて仕方ないようだ。気づくと章介の目はふたりを探している。なにやら急に見たこともない身内がやってきたような居心地の悪さと、会話の先を得た安堵感が混じり合っていた。三人に会ってから、もう十年分くらい人と話している。

八時、ショータイムの時間がやってきた。師匠の呼び出しは今日も快調だ。

レディース&ジェントルメン——

フロアは昨日より沸いている。そちらこちらから「トニー谷なのか」という声があがっては「違う違う」というホステスの笑い声が被《かぶ》ってゆく。

世界的有名マジシャン、チャーリー片西の登場です。拍手でお迎えください。

マイクを章介に渡してシンバルの音に迎えられた師匠は、背筋を伸ばしてステージに向かう。章介は煙草で煙るフロアを進む師匠の背中を照らし、無事ステージの上に送り届ける。ピアノとギターが定番「オリーブの首飾り」を奏で始めた。マイクの前で微笑んだ師匠がポケットからカードの束を取り出す。

左手の上、片手でカードを混ぜ合わせると、ステージ前の客が「おお」とざわめいた。章介があてるライトの中で、師匠は快調にカードを操る。が、カードは右手から左手を通過し——今日も滝のように床へと流れ落ちて行った。客席がどよめき、頭上の手すり越しにもフロア全体からも、笑いが起きる。

「いやいや、失礼いたしました」

床に散ったカードを拾い集めようと屈《かが》んだ師匠の、上着の首からもぞもぞと鳩が一羽顔を出し、どよめく客席へと飛び立った。

笑いが女たちの「キャー」や男たちの「おお」へと変化する。

カードを拾い集め立ち上がった師匠の腰から、どさりと鳩が落ちた。軽い悲鳴が上がる。

やはり今夜も、いちばん受けているのは鳩だった。けれど師匠の苦笑いは、決して客席に苦いものを届けない。

「古今東西、鳩というのは平和の象徴、これが飛べば、世界は平和ということになるわけでございます」

師匠は一拍置いたあと、「なので」と続けた。

「わたくし、平和に向かう鳩を引き留めないことにしているんです」

直後に残りの一羽が、今日はズボンのベルトのバックルあたりから顔を出し、最高の拍手を得て師匠の周囲を二周したのだった。

章介は最後に出てきた鳩を追える限り追って、満場の拍手を得た。今日も、マジックショーの華は鳩がかっさらって行った。

もう出すものがないと思わせたところで、師匠はパチンと鳴らした指先から花を出した。

パチン、パチン、パチン――

指が鳴るたびに赤青黄色の花が出てくる。羽根で出来た造花だ。章介もいつかテレビで見たことがある。

パチン、パチン、パチン――

師匠の口角が上がってマジシャン然としてきたところで、二階の席から笑いが起きた。

――ぜんぶ見えてるぞぉ
二階の手すりから顔を出した客がはやし立てる。一階フロアの客も笑い出した。そこへ、師匠をかばうように鳩が肩に帰ってきた。

章介は思わずつぶやいた。

すげえ――

　ことごとく失敗するマジックで「世界的有名マジシャン」と「師匠」を名乗り、その失敗で飯を食うという肝の据わり方がこの男の芸なのか。チャーリー片西は、マジックを失敗しながら、このステージを成功させているのだった。

　二階席を、肩の鳩と一緒に見上げた師匠は、イギリス紳士のように美しく腰を折って挨拶をする。いかほども照れる様子は見せない。バックミュージックも心得ており、ドラムとギターがみごとに調子を外した。章介の口からまた「すげえ」のひとことが漏れ落ちる。

　すべてのマジックで失敗するという偉業を遂げて、マジシャンのステージは終わった。師匠は章介のいるところまで戻って来ると、何食わぬ顔でマイクを持った。

「続きましては、シャンソン界にこの人ありと謳われた実力派歌手の登場でございます。人生の浮き沈みから日の光その影まですべてを歌い上げたとき、人はみな心に灯《ともしび》る灯を知るでしょう。ソコ・シャネル――どうぞみなさま盛大な拍手でお迎えください」

　大仰な呼び出しと拍手の先に、シャネルがバックポーズを決めて立っていた。昨日とは違う段取りのようだ。いつ楽譜を渡したのか、一曲目の曲目も違っている。

　――希望という名の　あなたをたずねて
　歌い出しの声が地の底から湧き上がるような恐ろしさを放った。

　店内がステージの一点に集中する。章介は歌い出しで客の口をすべて閉じさせる歌手を見た。

「パラダイス」で働き始めてから初めて見た景色だ。しかしそれも、シャネルが振り向くまでのことだった。

真っ赤なラメのロングドレスと、高く結い上げた金髪のカツラがゆっくりとフロアに向き直る。

シャネルの瞼《まぶた》には真っ青なアイシャドーと目よりも太いアイラインが引かれており、唇にはおおよそ二倍の厚さに口紅が塗られていた。

静まりかえっていたはずのフロアに悲鳴と笑い声、怒号が飛び交う。

化けもん——野次には耳も貸さず、シャネルは歌い続けた。恐ろしいのは化粧だけで、歌はプロの声量というだけでは収まりきらない迫力に満ちている。

化粧と歌の隔たりに呆然とする客を余所《よそ》に、その日シャネルはもの悲しい曲ばかりを歌い続けた。戸惑う客も、三曲聴くころにはその声に聴き入っていた。

そして、陶酔しきった口調で「どん底のソコから這《は》い上がる、ソコ・シャネル」を決めたあと、フロアで「夢みるシャンソン人形」を歌いながらチップを巻き上げた。

日付の変わるころ、シャネルのチップで餃子とビールの夜食を腹に入れた。寒い寒いと震えながら、三人並んで立ち小便をする帰り道、章介の隣を歩いていたひとみがぼそりと言った。

「なんやおもろい年の暮れやな」

今日のステージが昨日ほど出来が良くなかったことに、気づいているような口ぶりだ。

体ひとつ先を歩いていた師匠が「そうですねえ」と続く。シャネルは変わらず「寒い」を繰り返していた。

第二章

　歯磨きを終えて、明日食べるバナナや牛乳、菓子パンが凍らぬよう木箱に入れた。ひとみが買っておいた朝食だ。四人分となると、毎日けっこうな量になる。灯油代も自分が出し続けるわけにもいかないので、店に相談だ。布団を手配してもらった昨日の今日で言い出しにくいが、ショーが盛況に終われればマネージャーの木崎も悪い気はしないだろう。

　くたくたになった体を一度しっかり伸ばす。背骨や肩、尾てい骨のあたりからポキポキと乾いた音がする。首を回せば全方向で木琴を叩《たた》くような軽快な響きだ。

「師匠、お疲れさまでした」

「名倉くんも、お疲れさまです。照明の感じ、いいですよ。明日もがんばりましょうね」

　師匠がらくだの上下に腹巻き姿で、ストーブの側でトランプ一枚一枚の汚れを取っている。章介は明日はもうちょっとがんばりますんでよろしく、とありきたりな言葉を返す。

「師匠、トランプってけっこう手入れが必要なもんなんですね」

「わたしはほら、床に落としちゃうから。埃《ほこり》やゴミが付いているとうまくシャッフルできないでしょう」

ゴミを落としたあとは無心に蠟《ろう》を塗る。手の中でなめらかに動くよう滑りを良くしてひたすら指になじませるという。

「まあ、ここまでしても、本番ではああなんですけどね」

うふふっと笑った師匠は、店ではショーのあいだずっと、章介に張り付くように隣に立っている。アナウンスも毎回文言を変え、そのたびに客席が沸く。そして、自分の出番では約束したように失敗をする。マジックではなく、ほとんどが喋《しゃべ》りで笑いを取った。二日目で、ホステスの大半が師匠の芸に気づき「がんばれ」の声がかかる。

舞台上の師匠は照れながら――本気に見えるほど照れながら「はぁ」と頷《うなず》いていた。

トランプの手入れをする師匠を横目に見ながら「お先に」と布団に潜り込んだ。

生まれて初めて新しい布団のにおいを嗅《か》いだ。章介の隣には師匠の布団が敷いてある。師匠の枕の近くには鳩《はと》の籠《かご》があり、章介のほうは父の遺骨があった。

枕に顎《あご》をのせ、うつ伏せで師匠の横顔を見た。肩まで掛けた布団の、軽さと暖かさ。この寝床を得られただけでも、三人に感謝したい。

多少の煩わしさと懐かしさが思い出させるのは、父や母と暮らしていた幼い頃の景色だった。家には常におかしな人間が出入りしていて、中には体中に刺青《いれずみ》が入った男も、女もいた。彼らはみな陽気だったし章介は誰からも可愛《かわい》がられたが、その誰をも好きにはなれなかった。あの頃が良かったとも思わないのに、思い出すのはあの騒がしい家で過ごした、記憶にある十年間だった。

　トランプがしゃらしゃらと衣擦《きぬず》れに似た音を立てて、師匠の頭上から右手へと滑り落ちてゆく。受け取る右手がしなやかに翻り、今度は左手へとカードを返してゆく。間近で見ていると、本当に世界的有名マジシャンなのではないかと思えてくる。ステージでのあの残念な姿はただの芸風で、本当は――章介はカードが流れる様に眠気を削《そ》がれながら、師匠に訊《たず》ねた。

「師匠は、わざと失敗してるんですか」

　こちらを向いた穏やかな表情から「え？」と声が漏れる。もう一度、同じ問いを投げてみた。

師匠は口元だけちょっと困った風にすぼめた。

「なぜそんなことを」

「それだけきれいにカードを操れると、却《かえ》って失敗するほうが難しいんじゃないかと思ったんです」

「きれいに操ってますか？」

「すんごい恰好《かっこう》いいです」

　はぁ――ステージ上で「がんばれ」のかけ声が聞こえてくるときと同じ照れた顔になる。自分の口から人を褒める言葉が出てくることも不思議だが、それを真に受ける大人の照れもまたおかしみに満ちていた。章介はこの男の照れ笑いが見たくて、もう一度「恰好いいですよ」と言った。また同じ表情が返ってきた。

師匠が胡座《あぐら》をかいたまま体の向きを変えた。ちいさな目に真剣さを灯《とも》し、カードを持った右手を高く上げる。左手を肘《ひじ》の高さに構えたと同時に、連なったカードが吸い込まれるように左手へと移った。左手で切ったカードの一枚目が回転しながら右へ飛ぶ。人差し指と中指でそのカードを待ち受け、見事に挟んだ。舞台で見る、困った顔も照れた笑いも冗談もない。

カードを左手に戻して、右手を高く上げてぱちりと鳴らす。鳴った指にカードが挟まっている。もう一度鳴らす。またカードがある。束に返しても返しても、指を鳴らせば必ずカードが一枚右手から生まれ出てくる。

章介はおそるおそる、タネはあるんですよね、と訊ねた。ありますよ、とあっさり返ってくる。その目と声があまりに真剣で、なぜ舞台でやらないのか訊《き》くことが出来なかった。

ところで――師匠の目が柿の種に戻った。

「名倉くんのお父さんというのは、どういう方だったんですか」

「どういう方、っていうほどの男じゃないです。賭博《とばく》師を名乗ってはいるけれど、博打《ばくち》の神様に見放されたような人間でした。博打うちは博打が好きではいけないんだって、ご飯を奢《おご》ってくれたお客さんに言われたことがあります」

正確には、しばらくご飯を食べさせてくれたホステスに、だった。いつか、自分は章介の倍の年だと泣かれて、それきりになった。年の話は最初から分かっていたことで、持ちつ持たれつの関係が出来上がったところで泣いて見せるのは、なにか暗黙のうちに交わした約束が損なわれたような気がして、心も痛まなかった。

「博打の好きな賭博師は、あまり勝てないかもしれませんねえ。まあ、わたしはそもそも博打を打つ金もなくやって来ましたので、興味も覚えなくて済みましたが」

「うちの親父は金がなくても賭場に行くんです。金がなかったら道に落ちてるのを探してでも行くんですよ。道に落ちてなかったら、女房を売ってでも金を作るんです。おかしな話です」

幼いころ夜中に母が泣いて土下座している姿を見たことがある。

頼むからあんたそれだけは、と土下座をする女房に、頼む頼むと頭を下げる章二。考えてみればおかしな光景だった。翌朝、章介が起きたときに母は家におらず、待って待ってようやく帰宅したのは夕暮れ時だった。

髪も乱れ化粧もはげた母は無表情で、スカートのポケットから二つに畳んだ札を父に投げつけた。

――車代だってさ。あたしは釣りが来るくらいいい女だってよ。ツケがいったいいくらか訊いてびっくりだ。

母は泣きながら「このぼんくら、三万ぽっちであたしを売りやがって」と言って何度も父の脚を蹴飛《けと》ばした。

人にも金にも、ましてや親になど一切の期待をしてはいけない。

「親だと思わなければ、腹も立ちませんね」

「そうですか、そういうものですか」

章介が吐き捨てた言葉に対して、師匠の口調は静かだった。

言いたいことを言ってしまうと、途端に心細くなる。果たして自分の言葉が正しかったのかどうか、疑い出す。なにも信じてこなかった、これは誰に対するツケなのか。章介は新品の布団から漂う匂いに包まれながら、俺か——ちいさくつぶやいた。

師匠の手の中では、常にしゃらしゃらとカードが動いていた。らくだのシャツはぴたりと肌に添っているし、腹巻きも体から浮いていない。どこにも隠す場所はなさそうなのに、カードは師匠の手が触れた場所から自在に出てくる。

師匠。なんですか。それって手品なんですか、魔法なんですか。師匠が「うふふ」と不思議な笑い声を出した。

「魔法かもしれません」

「明日のステージで、その魔法を使ってくださいよ」

「ステージでは難しいかもしれませんねえ」

師匠の「うふふ」は少しかなしみを帯びて響き、カードの音も絶えた。酔っ払い客の前でまともなマジックを披露しても、喧噪《けんそう》に紛れてつまらないのかもしれない。籠の中の鳩も、真夜中は静かだった。

「師匠の鳩、よく訓練されてますよねえ」

「そうですか？　よく営業先で迷惑をかけるので、謝りどおしですよ」

「ここ一番で出てくるじゃないですか」

師匠はまた「うふふ」と笑った。

「わたしもこの子たちも、落ちこぼれですから」

ぽつぽつと話す師匠の言葉にまた、心地いいカードの音が混じる。

「手品用の白鳩は、一度に何羽も育てるんです。十羽くらい衣装に入れたこともあります。で、この子たちは、最後の三羽なんですね」

そう言ったきり師匠はうなだれ、しばらく間が空いた。章介が最後の三羽の意味を訊ねると、師匠がはっとした様子で顔を上げた。

「ああ——最初は十二羽育てていたんです。主に妻がですけれど。みんないい子たちでしてね。出番までじっとしてましたよ。ここぞというところで上手に袖《そで》から懐から出てくるんです。鳩にしかわからない合図を送るんですけどね」

師匠の声は乾いたり湿ったりを繰り返し、ときどき休み、続いた。

「十二羽のうち、勘のいい子は三羽から四羽です。でもそういう子たちは、よく働くぶん、早く死んでしまう——うちの妻も同じでした」

灯油が燃料タンクから火種の下へボコボコと流れる音がする。こんなときこそ、ソコ・シャネルの螺旋《らせん》を描きながら盛り上げてゆく喋りが必要だったのに。

「師匠の奥さんも、死んだんですか」

結局身も蓋《ふた》もない質問をする羽目になった。おかしな気を遣われると困るのはお互い様だろう。師匠は「ええ」と章介の方を見て頷いた。

「二十歳で嫁にもらって三十年、売れないマジシャンの女房をやりながら、働いて働いて、子供のひとりも抱かせないまま死なせました」

　鳩の世話が上手だったという妻の顔を、若い日の母と重ねるのは良くない。ふたりはまったく別の人間なのだ。

　師匠の妻が死んだのは、半年前。浅草《あさくさ》のホールで舞台が終わってすぐのことだったという。

「マジックが珍しく受けましてね。鳩も順調に三方に飛んで、しっかり肩に帰ってきて。いつもよりたくさん拍手をもらえたんですよ。助手の女房もいい笑顔でね。ああいいなあ、こういう日がいっぱいあればいいなあって、舞台袖に戻る途中で、そんなことを思っていました」

　一歩先に袖に戻った妻に「お疲れさま」と言おうとした矢先、師匠の視界から彼女が消えた。

「ドスンって、おかしな音がしましてね。ホールの舞台袖というのはあまり明るくない場所なので、何があったのか分からないままで」

　気づいたら、足下に妻が転がっていたのだった。舞台には次のステージを務める漫才コンビが出囃子《でばやし》とともに走り出る。師匠は転んだまま起き上がらない妻に声をかける。

　どうしました、だいじょうぶですか——

　心配しなくても大丈夫よ、という言葉を期待したが、眠った彼女はそのまま救急車に運ばれ、師匠も乗り込んだ。

「いつもの寝顔となんにも変わらない気がしましてね。慌ただしい病院探しや酸素吸入やら、目の前のことがなんだか現実ではない気がしました」

　現実感を伴わないまま、病院のベッドで臨終を知らされても、師匠は何が起こったのか分からなかったという。

「ご家族に連絡を、って誰かに言われたような気がするんです。家族は自分ひとりしかいないんで、そう応《こた》えたら親とかきょうだいもいませんかと訊かれました。そういえば、と思って、彼女の姉に連絡しました」

何が起こったのか分からなかったのは、師匠ひとりではなかった。とうに親を亡くした妻には姉と妹がいて、師匠はずいぶんとそのふたりに責められた。

――だから言ったんです。いつまでもあなたみたいな人の面倒を見ているとろくなことにならないって。

――お姉ちゃんは人が好《よ》すぎたの。片西さんと結婚しなければこんなことにはならなかったはずです。

――妹を――姉を、返してください。

師匠と結婚してから、親の葬式くらいしか接点のなかったはずのふたりが、急に近い親族へと返り咲いた。

かなしむにはあまりに現実感のない時間、一方的に責められながら、師匠は舞台袖にはけるときからずっと手に持っていた鳩の籠に気づく。姉妹たちの罵詈雑言《ばりぞうごん》は終わりがなかった。延々と続く恨み言を聞いているうちに師匠も納得する。

「ああ、彼女たちはもう妹が、姉が、死んだことを理解し納得しているんだって思いました。わたしだけがその納得を手に入れられないまま、指先で鳩の頭を撫《な》でてたんです」

葬儀は姉と妹のふたりが手配した。何が起こったか分からない師匠はすべての流れのなかで蚊帳《かや》の外だった。

そして師匠は、妻の通夜に出たきり姿を消した。

「信じられないままだったので、いい悪いの判断も出来なかったですねえ。保険の話をされたのは覚えています。受取人がどうとか。そんなもの、ありゃしませんよ。わたしたちの生活は、掛け金より明日のご飯ですからね。ちょっと外の空気を吸いに出たつもりが、葬儀会場からアパートに戻っていました」

アパートの部屋はふたりの暮らしがそのまま残っており、食卓で待っていればすぐにでも妻の手料理が出てきそうな気がしたという。師匠はずっと食卓椅子に座り、奥さんを待っていた。

「朝に一回、電話が鳴ったんですけれど、出られませんでした。妻ではないだろうと、そんなふうに思ったんです。現実を見るのが怖いのと、まだどこかで彼女が戻ってくるのを待つ気持ちが残っていたんだと思います」

師匠は生きていた妻と眠った妻の顔しか覚えていないのだった。

「不思議なもんで、あれから出来のいい鳩たちが次々と死にましてね。この三羽が最後の道連れなわけです」

そして師匠はステージでマジックを成功させることが出来なくなった。

「アルバイトでキャバレーの司会とかパチンコ屋のアナウンスなんかもやりました。それでも本業はこっちなので」

カードがしゃらしゃらと右手から左手へ流れてゆく。汚れを取り新しい蠟を塗ったカードは手の中で自由自在だ。

「あんまり失敗ばかりもなんなんで、羽根の花を出すマジックも始めました。そっちのほうはうちの妻の方がずっと上手《うま》かったんですけどね。わたしたち同じマジシャンの門下生だったんですよ。上手いことお見せできるのはこっちだけです」

うふふ、とくぐもった笑いに肩をすくめる師匠は、まだ妻の死を信じていないように見えた。

そっと父の遺骨を見た。気づかぬうちに消えていてくれればと思うのだが、見るたびにそこにある。自分の名前と同じ文字を息子に与えた名倉章二――章介は章二のことを覚えている人間をひとりふたりと思い浮かべるが、母と自分でその先がない。賭場の連中もパチンコ屋の面々も、麻雀《マージャン》の面子《メンツ》も、誰も父の名が名倉章二だとは知らなかっただろう。博打を打っているときの章二はなぜか「サソリのテツ」と名乗っていた。

――章二じゃあどっかから屁《へ》が抜けて行くような気がするだろう。テツって言やあ、こう、がっちり重くて強そうな気がするじゃねえか。

そんなもんかと聞いていた幼い章介も、ときどき母がこっそり泣いているのを見かけるようになったあたりで我が家の不思議に気づいてゆく。名倉家は、金がないのではなく入った金が消える仕組みになっていたと知ってからは、急に無口になった。

年相応のものと判断したのか、父も母も息子の無表情と無口をどうにかしようとは思わなかったようだ。

師匠。なんですか。訊きたいことがあります。なんでもどうぞ。

「奥さんのお葬式に出てないんですよね」

「ええ、骨も拾いませんでしたよ」

「後悔とか、してませんよね」
二、三秒の沈黙を経《へ》て、師匠がううん、とひとつ唸《うな》った。後悔ねえ。また二、三秒の沈黙を経て、今度はひとつ大きなため息を吐いた。
「後悔と言われても、何に後悔すればいいのかわかんないくらいですねえ。そもそもわたしと一緒になったことが彼女にとって悔いがなかったのかどうか、もう訊ねることも謝ることも出来ないわけで」

そこまで言うと、カードの音が止《や》み、師匠は白目と黒目の境がわかるくらいに目を開いた。視線が章二の骨を撫でる。

「名倉くんも、お父さんのお葬式に出ていなかったんでしたね」

頷いた。師匠はそんなことで章介を責めたりはしないのだった。そもそも誰にも責められたりはしていない。ここに遺骨があることも、父が死んだことも、誰にも言ってはいないのだ。母さえも荷物になるからと置いていった遺骨に、何を責められる理由があるのか。

「すみません、おかしなこと言って。師匠は奥さんのこと大事にしていたように思ったんで、なんで俺と同じく葬式に行かなかったのかなって」

「名倉くんは、後悔しているんですか」

「してません」

半ば反射的に答えたところで、後悔しなくてはいけない気がしてきた。同時に、なぜだと自分に問うている。堂々巡りだ。

後悔って――

「するとなにかいいことがあるんでしょうか」

笑い声が乾いていたのが救いといえば救い。師匠は「いいことですか」と言ってしばらくのあいだ笑っていた。体温が染み渡ったのか、布団が暖まってきた。体温が、与えた後に自分に返ってくる。章介は自分の体温がいままで可愛がってくれたホステスたちにどんなふうに伝わったのか考えた。もしかすると、自分がご飯や風呂《ふろ》にありつけたのは体温のお返しではなく、彼女たちのほどこしではなかったか。師匠がぽつりと言った。

「後悔は――すると、たぶんわずかでも気持ちがいいんじゃないでしょうかね。落ち着くというか、落としどころが見えるというか。まあ、とりあえずいいひとになれますね」

カードが奏でる規則的で繊細な音がまた響き始めた。チャーリー片西は、望みもせず、悔いもせずに生きてきたのだろうか。カードの音の向こう側にいる、どんな快楽からも見放された男の、ただ流れてゆく時間を見ていた。

夢も見ないで迎えた朝、章介の隣に師匠の軽いいびきがあった。なぜ他人がここにいるのか、真新しい布団で目覚めたのはなぜなのか――たぐり寄せた意識が体の真ん中に戻ってきた。綿入れ半纏《ばんてん》を着込み、そっと部屋を出る。まるで外にいるような気温に身震いをしながら、白い息を割ってトイレのドアを開けた。

　大きな白い背中が目に入り、悲鳴を上げた。首だけ振り向いたソコ・シャネルが「ノックくらいしなさいよ」と言って腰を上下に振った。

「布団、ありがたかったわあ。ひとみも昨夜《ゆうべ》はよく眠れたみたいよ。すんごいいびきだったもの。往復よ、往復。しばらくあのいびきと付き合うと思ったら、寝るにも勇気と酒が要るわねえ」

　閉めようとしたドアをつかんだまま、シャネルが喋り続ける。何年も掃除をされたことのない男子用便器は、黄ばみのなかに陰毛が模様のようにこびりついている。今さら誰が掃除をするとも思えない。中のドアの向こうには汲《く》み取り式の便器があるが、章介がマネージャーに泣きつかない限り、汲み取りの車も来ない。

　下は股引《ももひき》、上はセーターの姿で章介の用足しを眺めていたシャネルが「臭いわ」とつぶやいた。

「ボン、ちょっと、掃除道具はどこにあるのか教えてちょうだい」

「ああ、見たことないです」

「なに言ってんのよあんた。こんな汚いところでよく用を足せるわね」

「すみません、来たときからずっとこうなんで」

「冗談じゃないわよ」

　シャネルがトイレの並びにある扉を指さし「ここ、掃除道具入れじゃないの」と訊ねてくる。

いや、開けたことないです。じゃあ開けなさいよ。いや、気持ち悪いし。

掃除はどうするんだと問われ「寒いんで」と返す。半纏の前を思い切り重ねて逃げようとしたところへ、部屋からジャージ姿のひとみが出てきた。

「朝からやかましいやりとりせんといて。便所が汚いのは当たり前。臭いのんも当たり前や」

ひとみは「どけや」と言ってトイレに入り勢いよくドアを閉めた。中から「くさっ」という怒鳴り声がする。なにもかも凍っているので夏ほどではないのだが、改めて言われると確かに臭い。

「ほら、なんとかしなくちゃ。寒いわ臭いわのダブルパンチじゃ、やってらんないのよ」

明かり取りの窓からさえ光の入らない冬の便所前。やってらんねぇのはこっちだ。ぶつぶつ言いながら、シャネルの言うとおり用具入れのドアを開けた。トイレとはまた別の、こもった臭いが壁を作っている。先の完全に丸まった座敷箒《ぼうき》、庭箒、ブリキのバケツ。箒の持ち手に引っかかり、いつからその形になっているのか想像もつかない菱形《ひしがた》の雑巾《ぞうきん》。

章介の肩口から太い手を伸ばし、シャネルが座敷箒を引き出した。持ち手に絡みついた蜘蛛《くも》の巣に軽い悲鳴が上がる。

「なによこれ、なによこれ、なんなのよ」

悲鳴混じりの声を上げながら、彼——彼女が蜘蛛の巣を払う。

ネズミが居なかったことを今日のいちばんいいことにしようと決めて部屋に戻ると、ストーブに火を入れた師匠が振り向いた。

「おはようございます、寒いですねえ。廊下が騒がしかったですが、なにかありましたか」

便所の掃除がなっていないとシャネルに文句を言われていたと話すと、師匠がまた「うふふ」と笑う。

「正直、ここに来てから掃除なんてしたことなかったんです。寝て起きて仕事に行くだけだし、誰もこんなところに住むとも思ってなかったから。だから」

真新しい布団がひどくありがたかったんだ、と言いかけそうになり焦る。言えば体のどこかに在る惨めな神経が繋《つな》がりそうだ。

「気づいた人がやればいいいんです、たぶん」

そうですか。ええそうです。

「これは、妻の口癖でした」

師匠はらくだの上下に毛玉だらけの靴下を穿《は》き、布団をたたみ始めた。章介の持ち物のなかで最も高価な、目覚まし機能付きのラジオが起床を促し始める。今日の一曲は沢田《さわだ》研二《けんじ》だ。

「名倉くんは毎日、ラジオで起きるんですか」

「目は覚めるんですけど、一応。ずっとひとりでいると言葉を忘れそうになるんで」

頭の中にあるはずの言葉も、口から出す方法を忘れるということがあるのだった。仕事場でもほとんど木崎としか話さず、それもひとことふたことで、用事の言いつけを聞いているばかりだ。ときどき誘ってくれる女たちは、章介の生い立ちを訊ねたあとはあまり言葉を必要としなかった。

言葉を忘れるか——師匠は畳んだ布団の上に枕を置いてぽつりと言った。

「それ、わかりますよ」

師匠の内側にどんな景色が広がっているのか、昨日の会話を思い出した。言葉を忘れたら出来ない仕事を続けることが甲斐性《かいしょう》というのなら、五十代の師匠にはちょっとつらいことではないか。

ありったけの服を着込んだふたりが、ノックもなく部屋になだれ込んできた。

「ボン、朝飯や。ティーのひとつも淹《い》れてんか」

「あたしはコーヒーがいいわ」

「どっちもありません」

ほぼ同時に鼻を鳴らし、ふたりはストーブの前にどすんと座り込んだ。バナナと菓子パンをストーブの前にいるふたりに渡す。師匠は章介の布団を丁寧に畳んでいた。

ひとみが、タオルを濡《ぬ》らしてストーブの天板を拭《ふ》き、袋から取り出したクリームパンを載せた。あら、それいいわねと言ってシャネルもパンを並べる。師匠が後ろで「ほほぅ」と感心する。みながほぼ同時にバナナの皮をむき始めた。

「ねえ、聞いた?」

やや不満そうなシャネルの問いが誰に向けられているのか分からず、全員が頷きもしない。師匠が慌てた様子で「聞いてません」と答える。ひとみが面倒くさそうに「まだなにも言うてへんやろ」と言ってふたつのパンをひっくり返した。

「クリスマスイブは、あたしたちのステージお休みらしいわよ」

木崎の顔を思い浮かべた。毎年クリスマスはビッグスターのオンステージで、誰がやってくるのか当日まで発表にならない。チケットはひとり二万円。開業以来その日だけは誰の期待も裏切らないスターがやってくるというのが「パラダイス」が客に対して約束していることだった。チケットはホステスたちにノルマを課して売りさばく。

――今年はいったい誰なんだ、知っているんだろう？　教えろよ。

――本当に知らないのよ、けど絶対損はさせないから、チケット買ってよ。

――そういや去年はディック・ミネだったな。わかったよ、二枚寄こしな。

五日前までに売りさばかないと、ノルマに達しなかった分は給料から天引きになるので、贔《ひい》屓《き》客を多く持たない若いホステスほど必死だ。怠けると一週間や十日分の稼ぎが消える。チケットの売れ行きそのものが、彼女たちの日頃の働きに支えられているのだった。人気とノルマのために体を使い始めたホステスは、生活の荒れが目立つようになる。そうなるともう、馬鹿馬鹿しくてドレスなど着ていられなくなるのか、手っ取り早く稼げる店へと鞍替《くらが》えする。そんな話を聞くたびに、木崎が顔を曇らせる姿を見てきた。

そのくせ売りさばけなかった分は、ホステスから半額を取り、余ったチケットは店が付き合いのある会社に流し、正規料金を取る。毎年この日だけは、どんな悪徳業者も驚く方法で店が満杯になるのだった。

シャネルが少し焦げ目のついたパンを「熱い熱い」と言いながら手の中でちぎった。ひとみはクリームパンを両手で挟み、薄くしてからかぶりつく。

「こうすると、カロリーが減るんや」

「嘘《うそ》をつくと、閻魔《えんま》様に舌抜かれるわよ」

「閻魔は男やからなあ、女の舌は抜かへんやろな」

師匠が「うふふ」と鼻の奥で笑いながら、袋から出したあんパンをふたつ、ストーブの上に置いた。

クリスマスのシークレットステージでは、天井に設《しつら》えた一人乗りのゴンドラを使う。二階の「アダム&イブ」で一度止めてからスターが降りてくるのだ。そのときばかりはフロアの木崎が宙づりのスターに全神経を注ぎ、機械を操作する。今年そのゴンドラにライトをあてるのが自分であることを、章介は今の今まで思い浮かべもしなかった。

――どうしよう。

思わず漏らしたひとことに、三人が食いついてくる。

どうしたボン。どうかしたの？　なにかありましたか。

三人から同時に訊ねられ、また章介はひとり空間に取り残された。師匠がストーブの上のあんパンをそっと章介に手渡した。あちっ。あ、気をつけて。

「で、なにがどうしようなんや」ひとみが追い打った。

「スポットを高いところから打たなけりゃならないんです、クリスマスのショー」

「誰が来るかわからんて、ほんまか」

「あたし、その話聞いてなかったのよね」

「あんパンもいいけど、肉もいいですよね」

どの問いに先に答えるにも、頭がうまく働かない。小豆《あずき》をほかの豆と水飴《みずあめ》で薄めきったあんパンはただ甘く、熱いのは皮の部分だけだった。背中のあたりをすきま風が通り過ぎた。

「タレントのことは俺も知りません。木崎さんと興行のひとで毎年やってますから。現場はシークレットを売りにしてチケットをさばくんです。今年は誰か、流行《はや》った歌手なのか俳優なのか、当たりか外れか、予想が年末のお祭りみたいなもんです」

「今まで、誰が来たんや」

「聞いた話ですけど、ぴんから兄弟、小林旭《こばやしあきら》、マヒナスターズ、東京ロマンチカ、勝新太郎《かつしんたろう》、美川憲一《みかわけんいち》、ピーター、山本《やまもと》リンダ、去年がディック・ミネです」

「なんや、ボンもそのえらい偏ったチケット持たされとんのか」

「いや、俺は最初から身よりも友達もいないし、下働きなんでそういうところは期待されてませんでした」

シャネルが「辛気くさっ」と吐き捨てる。バナナもパンもあっという間にそれぞれの腹に収まってしまった。師匠が鳩の籠の覆いを外して、三羽に餌を与えている。小鉢に水を入れ、籠の中に置いた。カサカサと羽をこすらせながら、鳩たちが餌をつつきだす。名前は付いているんですか、と問うてみた。

「一号、二号、三号です。何代入れ替わっても同じですね」

「あら、可愛がっているわりには名付けがずさんねえ。せめてヒー、フー、ミーちゃんくらいにしてあげればいいのに」

一号二号もヒーちゃんフーちゃんもそう変わりなく思えたが、この面子の会話は万事がこんな調子で、誰かのひとことが誰かの言葉を覆ってゆく。二日や三日でそれぞれの役どころがはっきりしてゆく光景を目の当たりにして、それを面白がっている章介もいる。

「ところでボン、あれどうするつもりなんや」

ひとみが顎で畳まれた布団を示した。師匠が畳んでくれた章介の布団の上に、ちんまりと章二の骨箱がのっていた。いったい何の祭壇だろう。

「どうするつもりって、どうすればいいんですかね」

「ずっとああやって置物にしとくんか」

「返す先が行方知れずですし」

シャネルが「お墓は？」と言うので、そんなものはないと答えた。

「お墓が、ない――」

「ありませんよ、そんなもん」

「骨堂《こつどう》は？」

「こつどうって、なんですか」

「じぃさんとばぁさんはどこに眠ってるわけ」

「会ったことないんでわかりません」

三人から「ほぅぅ」と感心したようなため息が漏れた。話題が自分のことに向けられ、居心地が悪いようないいような、不思議な心持ちになる。こういう話をしたあとはたいがい相手の女にしんみりされて、ご飯が出てくるものだが今日は違った。

「とりあえず、ご供養しなくちゃねえ」

シャネルが立ち上がると、途端に天井が低くなる。そびえる体がさっと布団の前で正座をした。正座をしてもその大きな背中は変わらない。シャネルが布団の上の遺骨に両手を合わせた。

南無大師遍照金剛《なむだいしへんじょうこんごう》――

低音の利いた、本職かと思うほど見事な読経に三人とも呆気《あっけ》にとられていると、首だけ振り向き「父ちゃんの名前は?」と問う。慌てて「名倉章二」と返した。

名倉家先祖代々の供養奉りぃ、名倉章二の御霊《みたま》を――

揺れるような節回しで、部屋いっぱいにシャネルの唱える経が響く。結露で凍りついた窓が揺れるほど太く低い声だった。

合掌――

師匠とひとみが手を合わせているのを見て、慌てて両手を合わせた。シャネルが両手をこすりながらストーブの前に戻ってきた。思わず三人とも、シャネルのために場所を空ける。

「お墓も骨堂もないとはねえ。さすが北海道の外れよねえ」

シャネルによれば、本州各地から開拓でこの地へと移り住んで来たのは、遠くても三代前らしい。函館《はこだて》から日本海側、札幌《さっぽろ》や旭川《あさひかわ》、各地の営業先で祖父母の出身地を知らない人間によく出会ったという。

「まあ、あたしが知り合うのなんてほとんど親とはぐれた人間ばかりだからさ、きょうだいとだってもう何十年も会ってないなんてのは普通。北海道はおおらかな人間が多いってのは、こだわりたくてもこだわるものが分からないことの裏返しなのよ。あちこち行ってるけど、特別おおらかに育ってるわけじゃないんだと思うこと多かったわねえ。血縁とか地縁とか、あんまり知らないし興味もないみたい。根っこが分かんないだけだと思うわ」

「しかし見事な読経でしたな」

「あんたシャンソン歌手より坊主のほうが儲《もう》かるんやないか。ギャラよりお布施のほうが高いやろ。税金も引かれへんで」

シャネルは師匠とひとみを見比べて鼻から勢いよく息を吐いた。

「門前の小僧ならぬ、本物の小僧だったからね。あたしの声は父親譲り。えっらいお寺の住職だもの」

章介には「高野山《こうやさん》」がどこにあるのかもよく分からない。のけぞるようにしている師匠とひとみの様子を見て、内地の人間はよく知った寺なのだと想像するくらいだ。

「北海道の営業は、なんか楽なのよね。みんな親きょうだいを捨ててきたひとの末裔《まつえい》だし、あたしを見てもおかしな説教を垂れないし、来る者は拒まず去る者は追わず。あたしが求めていたのはこんなところだと思ったこともあったけどさ——」

「あったけど、なんや」

「しがらみを抱えている者は、結局のところ余所者《よそもの》なのよ」

シャネルの昔話は、彼が毎夜歌うシャンソンより残念だった。

大きな寺に生まれた五人兄弟の次男坊は、長男が継ぐことになる寺を出てゆくことが、生まれながらに決まっていたのだという。それでも、常に控えの選手としてベンチに座っていなければならず、僧侶《そうりょ》になることも決められていた。三男以下は自分の生き方を決められるものの、みな仏門を嫌がりもしなかった。ただひとりシャネルだけが「控え」である自分の存在価値を疑っていた。

シャネルを「女」にした坊主がいなければ、高校卒業を待たずに家を飛び出していただろうという。

「いい男だったの。子供のころからずっと可愛がってくれてさ。彼がどこか寺を任されたら、迷わずついて行くつもりだったのよねえ」

しかしシャネルから少年の面影が薄れ始めると、彼はよそよそしくなった。

「僧侶の資格を取らなきゃならないってんで、大学を受けるのに東京に出てきたところで、なんだかすべてが嫌になっちゃって。ふらっと『銀巴里《ぎんパリ》』に入ったのが運命の分かれ道だったかなあ。あれから、子供好きの男って聞くと体中が痒《かゆ》くなるのよ」

今回、営業先が釧路《くしろ》と聞いてとんでもなく嬉《うれ》しかったとシャネルが言った。

「噂《うわさ》に聞いたの、ここはカーニバル真子が生まれた街だって」

歌って踊って、脱いでも着ても美しいカーニバル真子は永遠の憧《あこが》れだという。

「それだけごついと、ブルーボーイやるのも大変やろ」

「放《ほ》っといてちょうだい」

ひとみのひとことは思いのほか彼――彼女の脇腹に深く刺さったようだ。そっぽを向いたシャネルに、師匠が囁《ささや》いた。

「わたしはごつい女の人、好みですがね」

いい慰めにはならなかったようだ。

「なあボン、墓がないのは仏さんにとっても切ないことやで」

ひとみは目尻《めじり》の皺《しわ》を深くして「成仏出来ないやんか」と言った。三人とも一斉に、シャネルを見た。なによ。

「今のお経で充分成仏出来たのと違いますか。シャネルさん、親父はまだ成仏出来てないんですか」

「そんなの、あたしにわかるわけないじゃないの」

「立派なお経上げてくれたじゃないですか」

「お経と成仏出来ているかどうかは別よ。この世に未練があれば四十九日経《た》ってもそのへんうろちょろしてるかもしれないけれど。まあ、あたしは寺の生まれだけど、うろちょろしている仏さんには会ったことがないわね」

パチンコ屋の台と捨て牌《ハイ》と賭《か》け金くらいしか迷ったことのない父親だと思っても、目に見えなくなってから行き先に迷っていると言われるとなにやら落ち着かない。

「俺は、親父があの世に行く道を迷っている気はしないんだけど」

成仏出来ないと言われると、多少気になる。ひとみは頬骨《ほおぼね》の下に深々と一本皺を走らせた。

「まあ、ボンの気持ちの問題なんやけどな」

供養したい気持ちもなく部屋に置いて、なにか悪いことが起きたら遺骨になった父親のせいに出来るやろ、と言われると返す言葉がなくなった。

「たいした荷物もない暮らしで、いちばん大きいもんが父親の遺骨ちゅうんはどうかと思うたんや。この先、迷うのは親父やなく、息子のほうやないかな」

ひとみはそこまで言うと、今日は早めに寮を出てデパートに行くと言い出した。

「昨日、聞いたんや。店の近くに一軒だけ百貨店があるいう話。パンツが底を突く前に買《こ》うてくるわ」

ステージの最後にスケスケのガウンの内側でパンツを脱いで客の頭にかぶせたのがやたらと受けて、毎回やってくれないかと店から要望があったらしい。

――毎回いうたらあんた、一日二枚やで。パンツ代もらわんとやってられんわ。

――客席にいるサクラに毎回ご祝儀を出させますから。

「ご祝儀がひとり出ると、懐があったかいのんが必ずひょいと財布をあけよるんや。あのキザ、なかなかやな」

「百貨店、あたしも行く。朝はやっぱりコーヒーか紅茶がなくちゃ」

ひとみに少し遅れてシャネルも立ち上がった。

ふたりが去った部屋には朝には不似合いな甘い匂いが残っている。師匠は菓子パンの空袋に、バナナの皮を集めて入れた。

その日も無事にステージを滑らせた師匠は、ホステスから「がんばって」の声援をもらい、普通にしていてもどこか申し訳なさそうな気配を、更に縮めて舞台を終えた。今夜のシャネルは大きな白い羽根扇子を使って昨日とは演目を変えて歌う。ホステスたちに飽きられるということはないようだ。

その日ひとみは、シャネルの羽根扇子を使って踊った。腰のあたりで羽根をひらひらさせながら左右のパンツのヒモを解き、前を隠したまま客席に降り、頭髪が薄い客の頭にのせる。客席は大はしゃぎでパンツをのせられた客に拍手を送り、脇から現れたサクラ客がひとみにご祝儀を渡すのだった。

腹巻きに札を挟み込んだ漁師が枚数も数えずに何枚か抜き取り、ひとみにそれを差し出した。すっと漁師の前に立ったひとみが、羽根を高く上げて翻す。客席の視線は白い羽根扇子に奪われ、漁師の目の前を一瞬だけ繁みが通り過ぎる。

章介はストリッパーの腹から下を照らさないよう気をつけながらスポットで追った。気づいたことは、シャネルもひとみも、同じステージを二度やらないということだった。帰る頃になると、ホステスたちが「今日の歌は好かったわあ」という言葉を残してゆく。毎日見ている女の子たちが気に入っていれば、ショーは成功だ。

ときどきライトを間違えると、シャネルが喋りでフォローする。

――おい、そこのライト、照らすのは後ろのオヤジじゃねえんだよ。アタシにあてないで給料もらおうなんて甘いだろう。

それまで女言葉でくねくねと話していた歌手が豹変《ひょうへん》し、店内が沸く。ミーティングの際、木崎は「タレントさんの場数に助けられてるね」と苦笑いを見せた。

毎日、汗に濡れる章介のシャツを見て、化粧を落としたひとみが楽屋に呼んだ。

「ボン、汗吸ったシャツは外出る前に脱がなあかん。そんなん着てあの橋渡ったら、たちまち風邪ひいてまうで」

しぶしぶシャツを脱いだものの素肌にセーターでは余計寒いのではないか。

「これ着とき」

渡された百貨店の袋には、真新しい白い肌着が三枚入っていた。シャツのほかに、いま流行のトレーナーも入っている。藍《あい》色のトレーナーは体にぴったりで、綿のシャツより着心地がいい。

「ありがとうございます」

頭を下げる。シャネルが「わりといい体してるわね」と人差し指を唇に挟んだ。

「ねえボン、今日は部屋に帰って、いいことしましょうよ」

「そやな、師匠とうちは気をきかせとこか」

「やめてください。俺、疲れてるんです」

「だからぁ、アタシがねぎらってあげるって言ってんのよ」

女たち――一・五人の言葉を真に受けていたら大変だ。今まではくたくたの体を引きずりながら渡っていた幣舞橋《ぬさまいばし》は、いつの間にかおしゃべりの止まぬ賑《にぎ》やかなひとときになっていた。

「今日のあの助平オヤジ、もう少しでおめこに指突っ込まれるところやった。うまいこと腰振ってかわしたけどな」

「あんたは、ずっとキャバレー回りで踊ってんの？」

「もともとは新地《しんち》のダンサーや。男が借金こさえて泣くんでストリップ小屋に場所を変えたんや。ぜんぶ返したら今度は腹が膨らんでしもてな。あの気のゆるみがあかんかったな」

ひとみに子供がいるとは思わなかった。しかし、師匠もシャネルも別段驚く様子もない。章介の内側を、まるで自分がひとみの腹に出来た子であるかのような錯覚が襲った。

「寒いねんな。歳末の売り出しで今度は手袋買うたるわ」

「いいです、自分で買います」

「なに遠慮してんねん」

こういう展開のあとには必ず夜伽《よとぎ》が待っていたから、とは言えない。今回のタレントがストリッパーひとりでなくて本当に良かった。汗の染みたものと新品のシャツが入った紙袋がほんの少し重くなる。女の優しさが、母も含めて苦手なのは、後々必ず章介の内側に面倒なものを落としてゆくからだった。

部屋のストーブに火を入れて師匠とふたり手をかざしていると、しんしんと背中が冷えてくる。手が温まる前に、背中を向けて暖を求めた。これじゃあまるで朝の菓子パンのようだ。木崎にそれとなく訊ねたクリスマスショーの芸能人については、キザな笑みでやり過ごされた。

結局今日は灯油代をもらいそびれてしまった。

——クリスマスショーも、俺が照明をやるんですよね。

——もちろんだよ、名倉くんのほかに誰がいるの。

——今年も天井からゴンドラ吊《つ》るすんですか。

——やるよ。大スターが来るときはあれを使わなくちゃ。

自分の胴ほどもある照明を上下に操るのは、フロアよりはるかに難しそうだ。木崎は「だいじょうぶ、名倉くんならできるよ」と涼しい顔をする。

事務室で木崎が笑いながら言ったひとことを思い出し、背中が温まってきたのかプッと吹き出した。

——それにしても、タレントのプロフィールっていつ見ても可笑《おか》しいよねえ。

——どうかしましたか。

——今回の三人、想像していたよりひどくないんでホッとしてはいるんだけどさ。フラワーさんの年齢がさ、盛りにも盛って二十八って。多少のさば読みはけっこう聞くけど、こりゃないだろうなって。年齢不詳にしておかないと、客から文句来ちゃうよね。

どう考えても無理のあるさば読みは、ストリッパーの世界ではよくあることなのだろうと言って木崎は笑った。

——木崎さん、事務所にバレたら面倒になるの分かってて、どうしてフラワーさんにフロアも頼んだんですか。

章介の質問に、木崎は「勘かな」と少し間を置いた。

——なんかさ、いろいろありそうに見えたんだよね彼女。事務所に内緒に出来る収入があってもいいんじゃないかなって。そんな筋合いないの僕もよく分かってるんだけどさ。

まあこれが地方の仕事のいいところだし、と言って笑う彼はやっぱり毎日女の子たちにもてている。彼女たちにとって精神的な兄と友人と彼氏を無意識に演じ分けられることが、木崎にとっていいことなのかどうか、そばにいてもまだよく分からない。

「どうしました？」

師匠が鳩を籠に戻しながら顔をこちらに向けた。ひとみのプロフィールの話をしかけたところで、本人とシャネルが部屋に入ってきた。もう、彼女たちには部屋をふたつに分けたことなどたいした問題ではなさそうだ。

「ボン、夜食の時間や。水、出してんか」

元栓から止めておかないとたちまち水道管が凍り付くので、冬の間は溜《た》め水で過ごしている。それも、ひとみの手にある鍋《なべ》とインスタントラーメンの袋で諦《あきら》めた。

流し台の下にある扉を開けて、祈るような気持ちで水道管の元栓レバーを上げる。凍っていませんように——遠くのほうから何かが近づいてくる気配がして、数秒後には開いた蛇口からゴボゴボと音がし始めた。

咳《せ》き込んで咳き込んでようやく吐き出された蛇口の水は、しばらく出しておかないと鉄管臭くて使えない。背後でそれを見ていたひとみが「なんやここは面倒な土地やな」とつぶやいた。

「凍らせたら、水道管が破裂するんです。そうなっちゃうと、ものすごく金がかかるんで。子供のころからやってるんですけど、ひとりだとつい面倒になっちゃって」

「いいわけやめとき。みっともない」

排水口に飲み込まれてゆく水を見送っていると、シャネルがバケツを差し入れて水を溜めだした。いっぱいになったところで蛇口を閉める。シャネルはバケツを持って部屋を出て行った。

今度はひとみが真新しいアルミの鍋に水を溜めた。このくらいでええやろ。

インスタントラーメンの袋は五つある。ひとり分多いがこの面子ならあっという間だろう。実家で母親が作ってくれた鍋にはインスタントラーメン用に目盛りが付いていた。小学校の高学年になるころは自分で作っていたし、たまに財布をすっからかんにして帰宅した章二に作ってやったりもした。

鍋はあたりまえのようにストーブの上に載せられた。鳩たちに餌と水を与え、籠の掃除を終えた師匠がストーブのそばに座る。らくだの上下と腹巻きに、章介の綿入れ半纏を羽織っていた。トレーナーの上にダッフルコートを引っかけたまま、師匠に真ん前の席を譲った。ひとみが鍋の腹を触りながらお湯の沸き加減を確かめる。まだ煮立つところまでは遠そうだ。

「なあ師匠、鳩の寿命ってどのくらいなん」

ひとみの質問に、そうですねえ、と師匠の目がちいさめの柿の種になる。

「大事に大事に育てて、十五年くらいでしょうか。舞台に出してあげられるのは二歳から八歳くらい。そこのところ、うちの奥さんは上手だったんですよね」

「嫁はん、東京に置いてきはったん」

「いや、半年前に死にました」

「ああそうか」

内容にそぐわずたんたんとしたやりとりだった。何につけ反応の薄いひとみが、なぜ章二の遺骨には墓が必要と言い出したのかがわからない。それにも増して自称二十八の女の、目の昏《くら》さと手の甲《こう》に浮き出た骨と筋。サバの読み加減を考えてみるにつけ——相当違うのではないかという想像から離れられない。

「そろそろ入れよか」

鍋肌からアチチと指を離し、ラーメンの袋を開け始めるひとみを師匠が手伝う。まだ沸騰していない湯の中に麺《めん》をひとつずつ落とす。

「明日の朝飯はシャネルの当番や。外食はなんかええことあったときにしよう言うて意見が一致。どこに住んだかて金は大事にせな」

なんだかおかしなことになった。寝る時間以外は四人でこの部屋に居るというのも、食事の当番があることも、どちらも章介の日常ではない。

五つ目の麺を湯に沈めたところでシャネルが部屋に駆け込んできた。

「寒いわ、寒くて鼻が曲がりそう」

「違うやろそれ」

「両方なのよ、いいのよ」

水道水でしつこく洗ったせいで真っ赤に腫《は》れ上がった手を、勢いよくこすりながらストーブにかざす。途端、今度は「痒い」の連発だ。起き抜けから寝るまでのガヤガヤした生活は、どこか違う星にでも来たかと思うほどの騒々しさだ。

ラーメンは三分をとうに超えたものの沸騰せず、ひとみが「もうえぇやろ」とスープの粉を入れた。

器はどこでしょう。師匠が心細げな声で問うた。わすれた。ひとみがふてぶてしく答える。みんなでつつきましょうよ。シャネルの意見が通ってしまった。

それぞれ割り箸《ばし》を片手に、ストーブの上の鍋に顔をつきあわせながら食べるラーメンは、スープに混じって酒のにおいがする。

「なんだか、こういうのっていいじゃない」

「次はキャベツかネギを入れよか」

「卵を落とすのも好きなんですよね」

明日は安いどんぶりをなんとかすればいいのだが、誰も器のことについては触れない。つくづくおかしな連中だと思うものの、彼らにとっては章介もその輪の中にいるらしく、ちょっとでも箸を休めるとひとみかシャネルが後頭部を押して食べろと促す。

伸びてどんどん増えてゆきそうに見えたラーメンも、残すところあと数本というところで、シャネルが最後の箸で締めくくる。誰もすっていないはずのスープが、なぜかほとんど残っていなかった。

　章介は畳んだ布団の上にある章二の遺骨を見た。父が最後に食べたものがいったいなんだったのか、今まで考えたこともなかった。

「ボン、どうしたんや」

「いや、なんでも」

　骨になんの感情もありはしないのだ。章二がこの光景を見てホッとしているなどと、思う方がどうかしている。この場にいたならどんな風に喜び、おどけまじりに花札を取り出したろうかと、想像することもまたおかしなことに違いなかった。

　翌朝シャネルが用意した朝食は、紙コップに入れたインスタントコーヒーと、ストーブの上に載せたフライパンで焼いたホットケーキだった。紙皿に載せられた四分の一のホットケーキを、箸で持ち上げる。

「いっぱい焼くからどんどん食べて。ここは廊下が冷蔵庫ね。牛乳が凍らないように木箱に入れておくなんて、まるでシベリアよ」

　ストーブの目盛りを調節しながら作るホットケーキは、半分焦げているのだが妙に旨《うま》い。いったいどれだけ粉を入れているのかわからない味のコーヒーと、ホットケーキの焦げと、どちらがどのくらい苦いのか舌で探ると、ときどき胸が苦しくなるほど甘い部分がある。

　師匠もひとみも文句も言わずに黙々と口に運ぶ。シャネルは、焼いては切り分け、食べ終わる前に更に上に載せる。苦い、甘い――その繰り返しだった。

最後の一枚が奇跡的に「ホットケーキ」の箱の見本そっくりに仕上がり、シャネルは満足したようだ。しっかり四等分して、それぞれの紙皿に載せる。正直なところもう、しばらくのあいだホットケーキを見たくない状態なのだが、ここはシャネルの顔を立てて「旨い」のひとことを添えた。

「あのぅ、便所――ありがとうございます」

「あら、気づいてくれたの？　嬉しい」

朝いちばんで便所のドアを開けると、便器が真っ白になっていたのだった。陰毛も黄ばみもない。目皿にはピンク色の臭い取りボールが転がっていた。昨夜のうちに磨いておいたものらしい。ひどいアンモニアの臭いも薄れた気がする。

フライパンや容器の始末を終えて、ひとみが「もうひと眠りするわ」と言って部屋を出て行った。シャネルが、再び部屋の隅に追いやられていた章二の遺骨に手を合わせたあと、立ち上がった。低い声をそのままにつぶやく。

「納骨したほうがいいって、ひとみがしつこいのよね」

「お墓がないので、無理です」

「お墓なんてね――案外探せばあるものなのよ」

化粧もドレスもない朝のシャネルはただのオヤジだ。ウインクされると食べたものが二センチ逆流した。

章介がシャネルの言った「案外探せばあるもの」という言葉の意味を理解したのは翌週末、日曜の昼だった。

晦日《みそか》までのあいだ、これが最後の休みだ。出来るだけ布団の中に居たいところをいつもどおりの時間に起こされ、聞こえぬよう舌打ちをする。ひとみとシャネルが用意した鍋も紙皿も紙コップも、すべて章介の部屋に置かれてあり、ここはほぼ炊事場と化している。毎日驚くほど出るゴミは、ビニール袋ひとつ分溜まったところで廊下に出してみたのだが、翌朝見事にネズミに荒らされていた。結局ゴミ袋も部屋の中だ。だんだん部屋が狭くなっていっても、師匠は変わらず食事とトランプの手入れと鳩の世話を繰り返している。歯磨きをしているあいだに、師匠が布団を畳んでくれることにも慣れた。

二日にいっぺんは昼間の百貨店や地下食料品売り場に通うひとみとシャネルは、衣装の修繕に必要な布地や飾りを扱う手芸店を見つけて喜んでいた。

インスタントコーヒーにたっぷりクリープと砂糖を入れて、二杯目を飲み終えたところでシャネルが言った。

「さあ、出かけるわよ。師匠もボンも、納骨《のうこつ》の支度して」

師匠は「はあ」と頷いたが、章介はいきなり「納骨」と言われてなんと返せばいいのか分からない。

「ボン、支度しい。暖かいもん着て、お父ちゃんの骨をこのバッグに入れとき」

ひとみが、畳まれていた黒い合皮のバッグを広げ「これなら入るやろ」とつぶやく。

「この骨、どこに持って行くんですか」

「墓に決まっとるやろ。あほな質問せんと、はよ支度しい」

師匠がらくだの上下の上から章介のジーンズを穿こうとしていた。師匠、それ俺の。ああそうでしたね。言わなければそのまま出かけそうだ。師匠は洗い替えのズボンが一本あるきりのステージ衣装か、らくだの上下しか持ち合わせがないという。

「いいですよ、ジャージ。良かったら上下でどうぞ」

「ああ、助かります。ひとみさんに暖かい服でと言われているので。動きやすいと、とてもありがたいです」

中学時代の体操着を上下とも貸した。章介よりはるかに背の小さい師匠は、えんじ色のジャージの裾《すそ》をふたつ折り返し、袖口も折ってちょうどいいようだ。膝《ひざ》の穴がバレーボールの授業でレシーブしたときに空いたものだったことも思い出した。穴からくだ色がのぞいている。

「助かります。ありがとう」

ひとみはセーターとジャージの重ね着、シャネルは駅の近くにある作業着専門店で買ったというキルティングのつなぎにコート姿、師匠は章介のジャージという出《い》で立ちで玄関に立つ。異様な集団に気圧《けお》されながら、トレーナーにダッフルコートとジーンズ姿の章介が遺骨を入れたバッグを持った。

服装はてんでばらばらなのに、なぜか章介以外の足下はくたびれた革靴とパンプスだった。

「ええな。それやったら中身が骨だとは誰も思わんやろ」

「お骨って分かると、いろいろ面倒よね」

ふと見るとシャネルの手に、細く巻いた新聞紙の棒がある。一瞬ネギかと思ったがそうではないようだ。スニーカーに足を入れると、ひとりひとり玄関から外に押し出される恰好《かっこう》になった。昼時に起きて三時間もすれば太陽が沈む。ひとみが「この街は夜ばかりやな」と言っていたのもよく分かる。世の中が昼飯を食べるころに起き上がる暮らしをしていると、冬場の太陽は驚くほど早く去って行くのだ。

身を縮めながら橋のたもとまで歩くあいだ、シャネルが訊ねた。

「ボン、この街でいちばん大きな墓地ってどこなの」

「崖《がけ》の上にあるはずだけど、行ったことないです」

「崖ってどっち側?」

駅側でないことは確かなので、橋から続く坂の方を指さした。墓の名前を訊かれても分からない。ボンは自分の生まれた街のことなんも知らんやんか——ひとみのつぶやきに「すみません」と言いそうになり慌てて「はい」と応える。

墓の場所を知らなくても、そんなものを持っていなくても、経を唱えられなくても両親がいなくても、章介は生きているしそれを不思議だとも思わなかった。いま一番の問題は、気温が氷点下だということと自分たちがその気温に見合う服装をしていないという現実だ。

手にぶら下げたバッグの中に、章二の遺骨がある。墓に持って行くだけでなんとかなるものなのか。だいたい、本当に墓じゃなければいけないものなのか。先日川に放った段ボール箱に入ったネズミが、生きたままだったことを思い出した。

あ、きた——シャネルが片手を上げてタクシーを拾った。

体の大きなシャネルがさっさと助手席に乗り込むと、初老の運転手が露骨に嫌な顔をする。

ひとみ、師匠、章介の順に後部座席に乗り込んだ。

ドアが閉まると急に皮膚が温まり、顔が痒い。狭い車内に運転手も含め五人の人間がひしめいており、それぞれの吐く息や体臭や香水や化粧品のにおいで鼻の奥がむず痒くなってくる。

「お墓に行きたいんですけど」とシャネルが言った。

「お墓ったら、紫雲台《しうんだい》のことだべな」運転手が後方を確認して車を出した。

タクシーは高台へ向かう坂道をエンジンをヒィヒィいわせながら上り、そのたびに運転手が唸る。こりゃ道が凍ってたらたまらんわ、独り言が響く。ゆるやかな下り坂に入ると、正面には日の光を跳ね返す海が広がっていた。幣舞橋以外から見る海はいつ以来だろう。

章介の脳裏に、父が家の前に乗り付けて得意になっていた車がよみがえった。

——どうだ章介、とうちゃんだってやるときはやるんだ。乗せてやる。どこでも行きたいところに連れてってやるぞ。

——とうちゃん、科学館に連れてって。

親の仕事に「休み」がある同級生たちがよく話題にしていたのが、青少年科学館にあるというプラネタリウムだった。車があるなら行けるだろうと思った。

どこにでも連れて行ってやると言った章一だったが、科学館に向かう途中のパチンコ店で

「なんか飲み物でも買ってくるからちょっと待ってろ」と言ったきりしばらく戻らなかった。悪かったな、と言って起こされたときはパチンコ店の閉店時間で、辺りはもう真っ暗だった。章介が父の運転する姿を見たのはあれが最初で最後のことで、車は一週間もしないうちに家の前から消えていた。

あの車が本当は誰のもので、どういういきさつで章二が乗り回せることになったのか、訊ねる先もなくなってしまった。出来ない思い出話が多すぎて、自分に父がいたことさえ他人事《ひとごと》のように思えてくる。

狭くて急な坂道を上りきったところでタクシーが停まった。

「ここだべ」

坂の上の緩やかな丘陵地帯、道の右にも左にも灰色一色の石が建ち並んでいた。見たことのない景色に思わず声を上げそうになり慌てて膝の上のバッグをきつく抱く。シャネルが運賃を支払いながら運転手と交渉を始めた。

「一時間くらい経ったらまたここに来てくれるかしら」

「くれるかしら、ってなんだべ、その女みたいな話しかた」

「一時間で、またここに来いって言ってるんだ。話しかたをとやかく言われる筋合いはねえはずだが。来るのか来ないのか、どうなんだ」

「分かった、一時間後でいいんだべ」

海風が吹き上げる丘の上の墓場で、まずシャネルが向かったのは坂の入口にある墓地の管理棟だった。女言葉を使わないシャネルは実にまっとうな中年男になる。

「すみませんが、名倉家のお墓を捜しています。墓所番号を教えていただけませんか」

老いた眼鏡の奥に人の好い管理人の瞳《ひとみ》がある。師走《しわす》のお参りは珍しいと言って、お茶を四人分、ポットから注ぎ入れたあと墓の管理簿を出してきた。苗字《みょうじ》、なんと言いましたか。

名倉、名倉家です。堂々としたシャネルは、ほんの少しお寺の息子に戻っている。

「名倉、名倉――二件ありますがどちらでしょうねえ」

「けっこう古いと思うんですけど」

「古いといったら、こっちだけど」

管理人は首を傾げて言葉を濁す。シャネルがたたみかけた。

「だけど、って。名倉さんのお墓になにか」

「いや、しばらく仏さんが出てないようで、建てたっきりになってるもんだから。管理費は入ってるけどねえ。菩提寺《ぼだいじ》はどこだろうね」

シャネルが大仰な仕草で「そこだわ」と両手を合わせ身をよじった。突然の仕草に管理人が一歩下がる。

「そこだと思います。ああ、良かった。名倉さんの墓前にようやくお参りが出来ます」

もう一基ある名倉家の墓は去年納骨した記録が残っているという。

「そっちの名倉さんではないのかい？」

シャネルが「いえいえ、こっちの名倉さんです。間違いないです」と言って右手をひらひらと振った。その爪の先に真っ赤なマニキュアが塗られているのを見て、管理人が今度は両方の目を大きく見開いた。昨夜忘年会の余興で塗ったまま、というシャネルの言葉を信じたのか、ホッとした表情になる。シャネルが作業着の裾を引き下げてパンプスを隠した。

　管理人が手書きの墓地地図を取り出し、海側の崖の近くを指さした。端から三番目だ。

「ここを出て海側の、崖の近く。位置的には管理棟と対角線の先のほうだね」

「そうと分かったら、早くお参りに行かなくちゃ」

「凍っちゃうから水は使えないし、酒も石にかけるより飲んだほうが温まるよ」

「そうします。ありがとうございます」

　シャネルの後ろに、お茶を飲み干した師匠とひとみが続き、章介も後を追う。背後で管理人から「いってらっしゃい」と声がかかるまで、章介は自分がなにをしにここにやってきたのかを忘れていた。

　海風が吹き付けるなか、シャネルの後ろをぞろぞろと一列になって墓場を横切ってゆく。寒いというより、痛かった。

　崖の近くまで、おおよそ百メートル。見渡す限り、墓石だらけだ。海に近づきつつある太陽には、地上を温める力が残っていない。

　バッグを腕に引っかけ両手をコートのポケットに突っ込み、たどり着いた墓石には「名倉家先祖代々之墓」と彫ってある。墓石の周りは枯れ芝と雑草が折り重なっていた。あまりお参りしてもらっていないのは、初めて墓石を見る章介にもよく分かる。墓石の周りをぐるりと歩いたシャネルが中に入っているのは一柱《はしら》だとつぶやいた。

　まさか——

　シャネルの満足そうなひとことで、そのまさかが本当になった。

「昭和三十年に享年八十の男性がひとり入ったきり女房の名前なし。二十年放ってある。これは一家離散のにおいがするわ。理想的ね。ここに納骨するわよ」

「ええとこやな。立派な墓石や。寒くなければもっとええ」

「ちょっと待って。ここ、名前は名倉だけどうちのじゃないです」

「時間ないんや、シャネル、はよ作業せな」

　章介にかまわず、シャネルが丸めた新聞紙から取り出したのはバールだった。墓石の、段になっている部分に日本手ぬぐいを挟み込み、石を傷つけぬようバールで少しずつずらしながら隙間を空けてゆく。人の手が入るくらいまでずらしたところで「よし」と頷いた。全員の口から白い息が立ち上り、頭を通り過ぎる前に消える。

「ボン、お父ちゃんを伸び伸びさせたり。中に入っとるの八十の爺《じい》さんひとりや。サイコロやるなら、ええカモやで」

　かじかんだ手でバッグから遺骨の箱を取りだした。ずらした石の上に置いたものの、そのままでは入らない。さてどうしたものかと見下ろしていると、シャネルがコートの前を合わせていた手を解き、骨箱の蓋を開けた。

「いい？　こうやって、中のお骨だけをお墓の中に入れるの。ひとつひとつがボンのお父さんを動かしていたパーツよ。この世に出してくれたお礼なんて、言いたくなければ言わなくてもいいの。ただのパーツなんだから。もう、違う世界の人だって、自分の気持ちにケリさえつけばいいのよ。お墓ってそういうもんよ」

骨箱、骨壺、そして骨。灰色、黒みがかった部分、朱色のしみ。骨は一色ではなかった。骨壺の中身が章二だとも思えないのだが、シャネルはそれでいいという。

太い骨を一本、墓石の中の暗闇に放った。海と風の音にかき消され、章二からのどんな思いも音にはならない。

父ちゃん、川に捨てるわけにもいかないし、これでいいだろう——胸の裡《うち》で章二に語りかける。のろのろとひとつひとつ放っているうちに、ひとみがしびれを切らしたのか手を出した。

「ボン、こごえてまうで。お父ちゃんはもうおらん。ここできっちり別れるんや。ええか」

骨壺の中身は墓の中に消え、ひとみがパンパンと手を叩き灰を払う。章介も役目を終えて壺と箱に蓋を戻した。シャネルがずらした石を元に戻し、寒さに肩を縮めながら経を唱える。

——南無大師遍照金剛

ここに名倉章二の納骨の儀を終えん——

三人が両手を合わせ、章介もそれに倣った。

読経を終えたシャネルがコートのポケットから黒いマジックを取り出した。

「ああ、手が冷たくて字を書くどころじゃないわ。誰か代わってちょうだい。ボン、あんたが書きなさいよ」

何をどこに、と訊ねると「戒名よ」と返ってきた。

「お父ちゃんが死んだあとの名前。お骨には位牌《いはい》がついてないから、きっと戒名もないわ。息子のあんたが考えてあげなさい」

師匠が「お坊さんが付けるものではなかったですかな」と震える声で提案する。

「付けた名前の最後に居士《こじ》を足せばいいのよ」

生前のことを何も知らないので、よく知っている息子が付けたほうがいいという。

俗名書いたら足が付いちゃうし、ボンだってそのほうが忘れないでしょう――

章介は、なるほどと思いながら、父がいちばん気に入っていた名をつぶやいた。

「サソリのテツ、じゃあ駄目でしょうか」

聞き返したのはひとみ、笑ったのは師匠、シャネルは表情を変えずぷるぷると震えながら「それにしなさい」と言った。

章介は墓石の後ろへと回り込んだ。享年八十の、名倉源三郎《げんざぶろう》と彫ってある。たったひとりで墓のなかに二十年だ。章二を送り込んだこともなにやら意味があることのように思えてくる。

爺さん、楽しんでくれよ――

己の欲望に忠実だっただけで悪い男ではないんです、といいわけをした。いくら苗字が同じとはいえ、居候である。さすがに源三郎の隣に堂々と名前を書き込むのはためらわれた。もしも親族が見たら大騒ぎになる。

章介は墓の土台になっている部分を覆うように折り重なる枯れ芝を手で除《よ》けて、そこに横書きで「サソリのテツ」と書き込んだ。

「こじ、ってどんな字ですか」

「居留守の居、に武士の士よ」

歯をがちがちいわせながらシャネルが答える。どっちの字も書けないので、近くに立っていたひとみに頼んだ。

「こんな字も分からんのか、ボンの頭にはなにが詰まっとるんや」

言いながらマジックを受け取り、ひとみが「居士」と入れた。

サソリのテツ居士――

「終了」

シャネルのひと声で納骨の儀はすべて終わった。

背中を丸め管理棟のほうへと歩いてゆくと、先ほどのタクシーが停まっているのが見えた。暖かい場所を見つけた途端、意味の分からぬ涙が流れてきた。目からあふれた途端に凍りそうだ。急いでコートの袖を使い拭《ぬぐ》う。誰にも気づかれていないことを確認する際、ひとみと目が合い慌ててそらした。

急いで乗り込んだタクシーの中、急激に緩んでゆく皮膚や鼻の奥や指先に、血が通い始める。

「来たところを戻ればいいんですね」

シャネルが寒さに歯を鳴らしながら「どこか暖かいところ、お酒とご飯のあるところに連れてって」と叫んだ。

「日曜だしなあ。そんなところは、蕎麦《そば》屋しか思いつかんけどなあ」

「蕎麦屋でも桶《おけ》屋でもいいから、早く」

駅前通りから一本繁華街寄りの蕎麦屋に入り、小上がりで熱燗《あつかん》を四本頼む。湯飲み茶碗《ぢゃわん》で手を温めてはその手を頰《ほお》にあてた。

「お墓があって良かったわあ」

「ボンのお父ちゃんの、納骨の法要やんか。パッとやらんとな」

燗酒をそれぞれ二合ずつ飲む頃、ようやく体が温まってきた。空《す》きっ腹に飯寿司《いずし》を入れ、厚焼き卵を分け合う。出てくる食べ物が片っ端からなくなってゆく。

「熱燗四つ」とひとみが叫んだ。椅子席で注文した蕎麦を待っていた中年男がちらりとこちらを見た。

——女のくせに真っ昼間っから酒飲みやがって。

ひとみが一拍置いて「もう少し大きな声で言うてくれへんか」と凄《すご》む。男はひとみを無視して新聞を広げた。

「ええかボン、男だの女だの言うやつに限って、肝っ玉ちいさいんやで。この先、長いこと男張って生きて行くつもりやったら気ぃつけや」

シャネルが「やめなよ」とひとみを止めた。師匠は関係なさそうな顔をして、銚子《ちょうし》の酒をちびちびと大事そうに飲んでいる。章介は温まった頭で、「名倉家」の墓の下に移った章二のことを思った。

椅子席に蕎麦が運ばれてきて、それぞれの席にまた薄い膜がかかる。シャネルの頬が赤くなってきた。素顔だと、ちゃんと酔っているのが分かる。

「これでひと安心ね。会いたくなったときに行ってお参りすればいいのよ。お墓も骨堂も、会えないことを確認するために在るんだから」

会いたくなったら会えないことを確認しに行く、という言葉のねじれを理解できない。分かるような分からぬような。居ない者は居ないと確認することで、進める一歩もあるのだろうか。

結局、今までどおり頼みは自分ひとりなのだった。章二が死んで、母もひとりになり、自分もひとりを続けることがはっきりした。最後に女房がそばにいて、早い話この世からいちぬけた章二だけが見かけの孤独から逃れられた。

ボン何考えてるんや。いや、別になにも。あんまり黙ってると、あとで自分の首を絞めるで、と言われて無意識に首筋を触る。

お銚子は次々に空いて、頼んだり下げたりしているうちに本数も分からなくなってきた。客も入れ替わり、半端な時間帯の蕎麦屋には、小上がりの自分たちしかいなくなった。

大もりを四枚——

片手を上げたのは師匠だった。ふと、師匠の奥さんはどこにどんな風に埋葬されたのか気になってきた。墓に向かうときも骨を納めるときも、師匠の口数は少なかった。

「そろそろお腹に、酒以外のものを入れましょうかね」

「そうね、一次会は蕎麦で締めておきましょう」

飲むほどに顔から表情がなくなってゆくひとみは、酒の残っている銚子を探し、一本一本振ったり逆さまにしては倒している。

「あった、ボンこれもらうで」

「ひとみさん、おさけ、つよいですね」

ちょっとろれつが怪しくなってきている。口元にしまりがないのが自分でもよく分かった。

「サソリのテツ、ええ戒名やな。ええ男やったんやろな」

「博打さえやらなければ、です。これで何もかもと縁が切れて、ほっとしました」

このままここで章二の思い出話をするのもなにか気持ちが面倒だった。

「ひとみさんに納骨勧めてもらわなかったら、ずっとあの部屋に置きっぱなしだったと思います。ありがとうございます」

礼言われるのとはちゃうねんけど――

ひとみが「二本だけ」と言ってまた銚子を頼んだ。

「あんなぁ、骨ひとつでひとり息子が困ったりするの、親としては心がきついんや。どっか捨ててくれてええと言いとうても、もう声も体もないやんか。捨てづらかったらどっか置いとこ思えたんは、ボンのおかんが悔いないほど亭主と暮らしたからや。途中途中の悔いにまみれて生きてきた女の、悟りと居直りや。男が死なんと、女は自分が何やってきたんか冷静に考えられへんのや」

「いい納骨式だったわね」

運ばれてきた酒を今度はシャネルがぐい飲みに注いだ。頬が赤くなったあとのシャネルはザルだった。

温まった体に蕎麦を流し込む。想像もしたことのない一日だ。

師走の最後の休日、酔っ払い四人はそのまま路地裏の赤ちょうちんへなだれ込み、ほとんど前歯の残っていない自称五十歳のママを相手に飲み続けた。何度訊いてもひとみは年齢を言わない。

「夢を売る仕事やからな。ステージに立つとき、うちはフェアリーやねん」

「フェアリーって、妖精《ようせい》のことよ。あんた何か間違って覚えてない？」

シャネルが念を押してもひとみは折れない。

「ストリップ小屋の妖精や。妖精。見たら分かるやろ、どこから見ても妖精」

「妖精」を連呼するひとみに、歯茎だけの口元でママがつぶやくのを聞いた。

――それ言うなら、妖怪だべ。

師匠が「うふふ」と息を吐いた。

その日、タクシー代と蕎麦屋と赤ちょうちんすべての勘定は十円の果てまで四で割り、財布がずいぶん涼しくなった。

夜、章介は布団に体温を移し体を温めながら、酔いに押され訊ねた。

「師匠は、奥さんのお墓にお参りしないんですか」

「そうですねえ、今日はしみじみあの日のことを思い出しましたけどねえ」

「ひとみさんは、男が死なないと女は自分が何やってきたか冷静に考えられないって言ってましたけど、その逆ってのもあるんですか」

残酷な質問を投げかけているという意識が薄いのは、師匠の答えがいつもひょうひょうと風に吹かれているせいだろう。

「実はですねえ。わたし、彼女は死んでない気がするんですよ。不思議なことに、まだ決定打がない。逃げたせいだと分かってはいるんです、頭ではね。でも、その決定打は二十歳と五十過ぎではちょっとかたちが違うような気もします。今日、名倉くんの様子を見ていて、ずいぶんつよい男の子だと思いましたよ」

「強かあないですよ。わけがわかんなかっただけです」

「それでいいんですよ」

結局、師匠の胸の裡を聞くことは出来なかった。

眠りに吸い込まれそうな頃、師匠がぽつりと「いい人たちと、いいお酒でしたねえ」とつぶやいた。

クリスマスのシークレットショーまであと二日——それが終われば大晦日から三が日は休みだ。あと一週間で今年が終わる。

木崎の提案でクリスマスショーの日も、ひとみとシャネルはフロアで接客を、師匠は司会をすることになった。章介が開店前の舞台と照明器具の確認をしているところへ、木崎がやってきた。

「最近、フロアが明るいのを通り越して騒がしいね。あのふたりは、品はないけど今までいなかったタイプで面白い。春日局《かすがのつぼね》たちともうまいことやっているようだよ」

春日局たち、というのは長いこと「パラダイス」を支えてきた自称「深海魚」たち。陸に上がると目の玉が飛び出るという意味らしい。店の気圧が性《しょう》に合っているという。

ひとみの脱ぎっぷりと、シャネルの話術は、女の世界に目立った敵を作らずに済んでいるようだ。好き放題やっているように見せるのも彼らが長年培った生き残りの手段なのだった。

「毎年やってた司会のおじさん、今年の仕事がないのをどう思いますかね」

「去年、ちょっとろれつが怪しかったでしょう。そろそろ引退時期だったんですよ」

驚くほど優しいと思えば、こんな冷ややかな顔もする。木崎のひと言に章介の背筋が伸びる。この笑顔にごまかされちゃいけない。チケットが売れた子は意気揚々、売れなかった子はどこか元気がない。フロアもそわそわし始めている。

「ところで、今年は誰なんですか。こそっと教えてくださいよ」

「駄目。あと二日、みんなと一緒に待ちなさい。今は僕が一年間でいちばん楽しい時間なんだから」

いったいどんな楽しさなのか、木崎は口にしない。マイクの調子を確かめようとラックに手をのばしたところで木崎が言った。

「でも名倉くんはほんのちょっとだけ、みんなより先に分かるんだよ。当日は飛行場まで、一緒に迎えに行くからさ」

　照明係にそんな役目があったとは知らなかった。飛行場からの小一時間で、タレントからの要望やマネージャーからの注意事項、車の中でだいたいの打ち合わせをするという。

「照明、面倒くさいこと言われてもなんとか頑張ってよ」

　そう言って軽く片手を上げた彼に、こわごわ今までの照明係は帰ってこないのだろうかと訊ねてみた。

「帰ってきたほうがいい？　僕は名倉くんもけっこう頑張ってると思うんだけど」

「いや、戻ってきたらまた下働きに戻るのかなって」

　正直、この仕事が面白くなってきているのだった。マイクの頭を軽く叩いて、照れを隠す。

「戻ってきても、かまわず君がやればいいじゃない」

　柔らかな声が冷ややかな言葉を吐くと、妙な迫力がある。この男なら、本気でそうするのではないか。内心ぞっとしながら「うっす」と返せば脇腹に嫌な汗がにじんだ。

「今回も、ゴンドラを使うんですよね」

「二階の席の分もチケット売ってるからね。そこは毎年変わらないよ」

　木崎が天井からのゴンドラを操作するのも毎年のことだ。

「無事動くかどうかは、確認済みだから。お互い気合い入れていこう」

　先ほどの冷えた言葉とは裏腹に、人の好い木崎に戻っている。シャネルとひとみにこっそり内職を許す彼は「切るべきとき、切る者は、切る」という考え方なのだった。

師匠の「すべりマジック」は鳩の機転で成功し続けた。ときどき戻り損ねた鳩が、二階の客をもてなしていることもある。シャネルは見事に喋りと歌のギャップを演じ、ひとみのステージはパンツのプレゼントや客席へのサービスで拡大、増加、加速する。

気づけば食事も風呂も、ほとんどの時間を四人で過ごしていた。片付けとミーティングで仕事が長引くときは、三人が楽屋で章介を待っていたりする。夜食も割り勘だ。鬱陶《うっとう》しいと思う気持ちも、墓場の一件から薄れている。今まで感じたことのない穏やかな日々も、年明けの「松の内福引き大会」期間でおしまいになる。彼らが街を去るときは、章介の布団のレンタルも終了する。

その日シャネルは、クリスマスソングを歌った。男の声も女の声も自在に操る喉《のど》が、得意のファルセットで歌うと、ホステスたちが客にしなだれかかる。顔は鬼瓦《おにがわら》だが声は甘美なので、最近は「ドリアン」と呼ばれている。一曲終わるころ「ドリアンちゃ～ん」の声がかかるとむっとした顔でシャネルが返す。

――おだまり。あたしはシャネルよ、ソコ・シャネル。そのへんのくされババアと一緒にしないでちょうだい。

もう少しで今年が終わるという高揚感にあふれ、シークレットショーのゲストを当てる賭けが横行するフロアに、シャネルの歌声が響く。

巴里においでよ　花の巴里

かわいいあの子がスズランを
差し出し微笑む六月は
その気がなくても肩を抱く
ららら　ららら　るるらら　ららら

巴里においでよ　花の巴里
今宵《こよい》あいつの花束が
キスをせがめば十二月
ふたりを咲かせるクリスマス
ららら　ららら　るるらら　ららら

——おだまりって言ってるでしょう。
——ドリア〜ン。

ほぼ毎日続いているというのに、ホステスたちがこの三人のショーに飽きている様子はなかった。師匠は鳩の行き先が、シャネルは曲目が、ひとみは狙い定めてチップをもぎ取りにゆく客が毎回違う。師匠の呼び出しアナウンスを毎日聞いているうちに、節回しも頭に入ってきた。
クリスマスショーに流れ込む直前の店内は、団体客がいくつか入り、忘年会も終盤だ。外はほんの少し雪がちらつき始めた。年明けまでは目立った積雪もないだろうが、そのぶん冷え込みが厳しい。暖房の効いた店内では、ミニスカートや着物や、ドレス姿のホステスたちが行き交っている。

——マスミはどこだ、マスミを呼べ。

——すみません、マスミは体調を崩しましてお休みしております。

出奔したナンバーワンを指名する客はまだいるものの、そこは深海魚たちががっしりと両脇につけば一時間半を退屈せずに過ごして帰る。

その日、フラワーひとみの呼び出しをする師匠は、いつもよりマイクを高めに持って朗々と張りのある声を上げた。

「最果ての街に降り立った花一輪。ダンサーを志し幾年月。薄衣《うすぎぬ》に包んだ体ひとつが頼みの踊り子人生、今夜咲かせる裸の華が、スポットライトの真ん中で赤青黄色と光ります。フラワーひとみの、マジックあ〜んどストリップステージをお楽しみください」

ラックにマイクを戻した師匠が、ちいさく「よし」と言うのを聞いた。マジック＆ストリップ、と声に出さずに繰り返す。

マジックとストリップ——

章介のあてるスポットのなかで、白く長いドレスを着たひとみが体を斜《はす》にして両手を頭上で合わせポーズを取っていた。

抑えに抑えたドラムに、ラテンギターの哀愁と情熱が重なり、弦をはじく一音一音に妙な緊張感が走る。

高く上げた両腕の、指先からなにかがこぼれ落ちた。

赤い花――

目を凝らして、白いドレスを滑り落ちてゆく花を見た。師匠がマジックで使っていた、羽根の花だ。ひとみの指先がくるりと翻るたびに、はらはらと赤い花がこぼれた。

フロアにはラテンギターが流れ、ひとみは両手を高く上げたまま、ゆっくりと正面を向いた。両腕を勢いよく開くと、打ち上げ花火に似た円を描き、七色の羽根が散る。

ギターがちらとひとみを見て、リズムを変えた。静から動へ――フロアはステージに釘付《くぎづ》けだ。そして、章介も。

いつもよりゆったりとした仕草で踊るひとみは、そのぶんひとつひとつの動きにかっちりとした「キメ」を入れ、客席に向かってニヤリと微笑む。半ば睨《にら》まれてでもいるように感じ、背筋がぞくりとする。

ドレスの下には透けたガウンを着けており、脱げばいつものフラワーひとみが現れる。けれど、今日は誰も「よっ」とも「日本一」とも声をかけない。今夜は誰からチップを巻き上げようかとステージを降りるころになってようやく、客席がその完成されたステージに気付き始めたのだった。

第三章

飛行場に現れたのは、女優の春日《かすが》すみれだった。

市内へと向かう車の運転席には木崎、助手席に章介が乗り込む。後部座席には濃いサングラスをかけた春日すみれ、その横にはムード歌謡グループのバックコーラスに立っていそうなマネージャーが座った。女優から漂ってくる、いかにも高そうな香水の匂いに鼻の付け根がきんきんする。

出迎えにやってきたふたりを見た春日すみれは、今年大ヒットしたドラマ主題歌をもって、あくまでも「世話になったところだけ」を「ご挨拶《あいさつ》代わり」に回っているのだという。毛皮とサングラスという、目立ちたいのか見つかりたくないのか分からないいでたちで、挨拶もそこそこに「ずいぶんちいさな空港ね」と言ったきり、車が湿原脇を走るころまでひとことも話さなかった。

後部座席で春日すみれが、一音一音はっきりとマネージャーに語りかける。

「ねえ、ここどこ」

「釧路、ですよ。すみれさん」

「どこで歌うんだっけ」

「『パラダイス』っていうお店です。さっきご挨拶したでしょう」


運転席と助手席に聞かせるつもりの会話なら、この女優の演技はいまひとつだった。女優の機嫌が悪い理由に、章介も気づいていないわけではない。ヒットしたドラマについて一切触れなかった無愛想な照明係が気に入らないのだろう。彼女が女優だったことすら知らないのだから、話にならない。

ハンドルを握る木崎は、女優の不機嫌に気づいたところで「実は嫁も自分もあなたの大ファンで」と切り出し、プロフィールに載っているらしい過去の作品名をひとつふたつ挙げて女優の愛想笑いを得た。ドラマが放映されている時間帯は店に出ていることを、彼女もマネージャーも知らないわけはない。それなのに、だった。さすがの木崎も、事前に誰がやってくるかを知らせなかったことで、章介が驚く姿は想定できても、まるきり彼女を知らないことまでは想像が及ばなかったらしい。


木崎に「どうすりゃ良かったんですかね」と問いたいところを堪《こら》え、流れてゆく湿原の枯れ葦《あし》をやりすごす。雪のない冬、窓から見える景色も季節を教えてはくれない。

「ちょっと、ここってなんで家もビルもないの」

「郊外なんですよ、すみれさん」

「いつになったら街の中に入るの」

「もう少しです」

背後の無意味なやり取りにも、木崎の横顔は涼しげだ。こんなこけおどしには慣れているのだろう。

——ねえ、誰なんですか。木崎さん、いつ教えてくれるんですか。

——見れば分かるって。焦らない焦らない。

春日すみれをひと目見た章介が緊張でガチガチになり女優を笑わせる、という木崎の計画は見事失敗に終わった。気詰まりな小一時間、木崎はときどきマネージャーと天気や気温の話をしながらしのぐ。章介はただフロントガラスに近づいては流れてゆく、灰色の多い景色を眺めていた。

楽屋への案内と食事の世話は章介の役目だった。三人組とは勝手の違うタレントは、なにが食べたいのか訊《たず》ねても答えない。マネージャーが通訳をするような恰好《かっこう》でこちらに情報を与えてくる。

「本番前に、なにかお腹に入れておいたほうがいいですよ、すみれさん」

「ここはいったい何が美味《おい》しいの」

「蕎麦《そば》とかラーメンとか、餃子《ギョーザ》とか——ザンギもあります」

「和食と中華と——あのう、ザンギってなんですか?」

ムード歌謡コーラス歌手そっくりなマネージャーの問いに、鶏肉《とりにく》の揚げ物だと答える。

「鶏肉の揚げ物もあるそうです、すみれさん」

言ったあと、ぽつりと「唐揚げだろう、それ」とつぶやいた。

春日すみれは「じゃあそれ」とザンギを注文する。本番前にニンニクとショウガのきいたザンギを食べると言い出した女優は、マネージャーがトランクから取り出した黒いドレスをちらと見て「ふん」と鼻を鳴らした。

厨房《ちゆうぼう》係にザンギを注文し、気を利かせておにぎりとサンドイッチも追加した。鶏肉だけでは飽きるだろうと思ったのも、ひとみやシャネルとの会話からだった。章介は二階の更に上にある、ゴンドラの操作室へと向かった。

ゴンドラとはいっても、六十センチ四方の腰の高さのカゴだ。ワイヤーで上下する仕組みだが、その操作は壁にあるスイッチひとつ。毎年、ビッグスターがやってくるときだけ使われる。「パラダイス」が持っている、他店にはない仕掛けだった。

天井からするすると、歌いながらスターが降りてくる。途中「アダム&イブ」のフロア前で、宙づりになりながら歌う。歌手の中には、高所恐怖症を理由に断固拒否した者もいたという。勇んではしごの上までやってきても、いざゴンドラに乗るというときに尻込《しりご》みする者が多いらしい。怖《お》じ気《け》づく大スターを説得した話を、木崎はこの時期になると必ず自分の武勇伝として話すのだった。

――チケットは即日完売です。ここにひしめくお客さん全員が、あなたがこのゴンドラで降りてくるのを待っています。チケットの値段は二万円。お客さんはこの一年、あなたの歌を聴くためにがんばって働いてきた人ばかりです。

それでも乗りたくないという歌手には、ダメ押しのひとことがあるという。それが聞きたいといくら訊ねても、ふふふと笑うのみで決して木崎はその「殺し文句」を言わないのだった。

ゴンドラとスイッチに不備はないか確認中の木崎に、細い階段の下から声をかけた。

「木崎さん、食事の手配が終わりました。リハーサルのときにまた声をかけると伝えてあります」

らしくなってきたね、と言いながら暗い階段を降りてくる木崎の、スプレーで固めた前髪に蜘蛛《くも》の巣がかかっていた。失礼、と言って白い糸を引っ張る。髪はびくともしない。蜘蛛の巣を見た木崎の眉間《みけん》に、不安の皺《しわ》が寄った。

「しっかり動くし、電気系統の心配もないけど――」

蜘蛛の巣は見えなかったと木崎は表情を曇らせた。

「場所が場所だけに、明かりもちっちゃいからな」

「春日すみれ、ってそんなに有名な女優なんですか」

木崎が唇の端を片方持ち上げて「恋する人魚」を聴いたことはないか、と言った。

「知ってます、ラジオで聴いたことがある。けっこう売れてましたよね」

あの曲を歌っていたのが春日すみれと知り、それは鼻息も荒くなるだろうとひとり納得した。決して上手《うま》いとは言えないけれど、それが女優の歌の良さなのか、ピアノとギターと低いドラムといった少ない楽器のなか、語るように歌うのだった。

お祭り騒ぎに疲れたら
どうぞあたしを思い出してね
グラスの底から泡になり
あなためがけて上ってゆくわ

「うちのバンドはすごいんだよ」

木崎が顔中で微笑《ほほえ》みながらバンドリーダーの自慢をする。それとなく「恋する人魚」の話をして「僕、好きなんだよね」と言ったことでリーダーはあらかたを察し、今夜の演奏を完璧《かんぺき》に仕上げているらしい。その道のプロたちの話はいつも章介を驚かせた。バンド連中と軽口をたたいている日々、彼らはおくびにもそんなことを出さなかった。

「春日すみれ、このゴンドラにすっきり乗ってくれることを祈ってます」

「僕も天井照明が交差するところでしっかりゴンドラを止めるから。そこから下は、名倉くんに任せたよ」

リハーサルで音合わせをする際、春日すみれは数回音を外した。バンドも「本業は女優だし」という本音を隠して、何度も音の調節を試みた。高音が上がりきらず、低音は下がりきらず、実に消化不良だ。ドレスに着替える前の女優は、飛行場に降り立ったときの強気が薄れ、不安顔だった。

「ちょっと、バンドの音が大きすぎるんじゃないかしら」

「音は少し控えめにします。マイクの音量も上げましょう」

バンドリーダーが全面的に折れるつもりらしい。章介は言われたとおり、マイクの音量を上げる。声量のある歌手ならばありえないところに目盛りを合わせた。

「パラダイス」と「アダム&イブ」では、満杯の客がショーが始まるのを今か今かと待ち、今日ばかりはオードブルにも力を入れているので酒もずいぶん出ている。バンドはクリスマスにちなんだ曲を低く演奏し、ざわつきを超えて騒がしい店内の空気を一定に保っていた。

ゴンドラの引導を渡す木崎は、女優の負けん気に上手くつけ込み「やります」の約束を取り付けた。

あと五分でショーが始まる。フロアは、まだ誰が今年のショーを務めるのか知らない。ざわつきのおおかたが、賭《か》けと期待の市松模様だ。章介が照明の横で最後の調節をしていると、いつものように師匠がするりと横に立ち、こそりと耳打ちをする。

「さっき木崎さんから聞きました。春日すみれだったんですね、今年のシークレットショーは」

「師匠は春日すみれのこと知ってるんですか」

「ええ、十代で映画のヒロインデビューして、芸能キャリアは二十年くらいになるんじゃないですかね。去年あたりからテレビドラマに出るようになりましたでしょう。よく妻と観てましたよ、『真昼の視角』とか『隣人死すべし』とか」

どちらも観たことも聞いたこともないドラマだった。師匠はいつもならしゃべり出す直前に持つマイクを、今日はもうスタンバイさせている。左手には曲目と進行表があり、曲紹介の尺が書き込まれている。

「一曲目は今年のヒット曲『恋する人魚』ですか。これは、ラストにもう一回歌って、アンコールでも歌うんですね」

一回のステージで同じ曲を三度歌うなんて聞いたことがない。よほどのファンでもない限り、アンコールまでがたったひとつのヒット曲というのはしらけるだけではないか。

師匠もその選曲には首を傾《かし》げている。

「女優さんだからなあ。仕方ないのかもしれませんねえ」

「恋する人魚」のほかは、「愛の讃歌」や「カスバの女」「アカシアの雨がやむとき」「星の流れに」「ゴンドラの唄」だった。三十代にしてはずいぶんと古くさい曲ばかり並べたものだ。

「もしかして年《とし》、けっこうサバ読んでるんじゃないですかね」

冗談めかしてつぶやいたところ、師匠が口に人差し指をあてて「シッ」という。

「名倉くん、いけません。その話、決してここで言ってはいけませんよ」

どうやら当たっていたらしい。章介は口を閉じ、うんうんと頷《うなず》いて師匠のいうことを聞いた。

バンドのジャズ演奏が止《や》んだ。フロアの照明を少しずつ落としてゆく。

天井近くでは春日すみれと木崎がスタンバイしているだろう。今日だけはマイクのコードを見張るため、ステージ下に木崎の信頼するフロア係が待機している。春日すみれがゴンドラを降りたら、コードがからまないようすみやかに乗降口のチェーンを戻して木崎に合図を送る役だ。ドレスもマイクコードも引っかからぬことを確認したあと、空のゴンドラはすみやかに天井へと戻ってゆくという段取りだ。

天井から二本のピンスポットが落ち、光の筒が空中で交差していた。師匠がマイクを握り直す。

「大変長らくお待たせいたしました、待ちすぎて首の伸びたみなさま、折りたたんでお席へどうぞ。今宵《こよい》娯楽の殿堂『パラダイス』『アダム＆イブ』がお送りするクリスマスシークレットショーのお時間がやってまいりました。ここから先は、魅惑の歌声を心ゆくまでお楽しみくださいませ」

ピアノのイントロが静かに始まった。フロアの数か所から「え」「ちょっと、まさか」の声があがる。イントロで曲名が分かったようだ。

——お祭り騒ぎに疲れたら
店全体が二倍に膨れ上がるかというほどの拍手が湧いた。今夜は銀幕とテレビでしか観られなかった女優のステージだ。天井からするするとゴンドラが降りてくる。スポットが交差したところで一度止まる。しゃっくりをしたような止まりかたに、春日すみれの声がひっくり返った。女優は構わず歌い続ける。二階の「アダム＆イブ」の客も、宙づりの彼女に向かって盛んに拍手を送っていた。ライトに照らされた女優は、階下から眺めていても充分輝いている。先ほどまでの無愛想な女は、そこにはいない。

見つけてね　お願いだから
あたし　恋する人魚
あなたを　待ってる人魚なの

一番のサビが終わると同時に、ゴンドラが再びするすると降りてくる。章介の出番だ。照明を彼女にあてた。煙の中にできた光の筒にとらえられ、春日すみれがフロアに到着した。ゴンドラはまたもしゃっくりをして、ゴトンと上下に揺れた。二番の歌詞が飛んだ女優のために、バンドがもう一度間奏を繰り返す。係がゴンドラのチェーンを外して、拍手で迎えられた彼女が微笑みながらフロアに立った。見た目にもはっきりと分かるほど、ぐらぐらと揺れている。高い場所が怖かったのか、歌い出しに失敗して動揺しているのか。

ゴンドラをつり上げるよう合図を送ったあと、係が春日すみれを舞台上へと促す。しかしスポットの中にいる彼女には、フロアの誰の顔も見えないようだ。彼女のドレスの膝下《ひざした》あたりまで背を縮めた係が懸命に誘導するも、眼を見開いたまま動こうとしない。バンドはひたすら間奏をくりかえす。それでも、客席は初めて観る女優の美しさに拍手と歓声を送り続けている。

章介の横で、師匠がマイクのスイッチを入れた。

「本年のシークレットスターは、大女優アーンド今年を代表する歌手であります春日すみれさんでございます。大ヒット曲『恋する人魚』をひっさげて、北海道は釧路の街に降り立ちましたマーメイド。みなさま、盛大な拍手で美しき人魚をお迎えくださいませ」

拍手が再び膨れ上がる。女優が一瞬ハッとした表情になり、そしてまたマイクを握り直した。フロアで無事二番を歌い終えるころ、彼女はようやく舞台へ誘導する係に気づいた。するすると黒いドレスの裾《すそ》を引きずりながら、一段高い場所に立つ。

照明の中におさまった女優は、拍手を浴びながら予定の曲をすべて歌い終えた。

そのどれもが素人の歌唱からそう遠くない出来だったが、客席もまた女優の歌声を聴いているという満足があるので、おかしな野次は飛ばなかった。鳩《はと》も、トランプも、笑いも、裸もないステージを照らしながら、章介はさびしい気持ちのまま一日を終えた。

チケットの値段以上でも以下でもないその年のシークレットショーは「やっぱり女優はきれいだな」と「思ったよりもちいさいな」という囁《ささや》きを残し、終わった。

着替えを終えた春日すみれは、ひとしきり木崎のゴンドラ操作をなじった。

「止めるたびにガッタンガッタン、なによあれ。ひとをあんな危ない目に遭わせておいて、お疲れさまでしたのひとことで済まそうっていうの。あんた、いい加減にしなさいよ。あたしを誰だと思ってんの」

マネージャーがなだめると、今度は彼を無能呼ばわりする。こんなことには慣れているのか、それが彼の仕事なのか、眉《まゆ》ひとつ動かさず女優の罵詈《ばり》雑言《ぞうごん》を聞いている。

何を言われても頭を下げるだけの木崎が、何を思っているのか章介には想像がつかない。まるで水飲み鳥のようにペコペコする木崎だったが、ちっとも卑屈に見えないことが不思議だ。疲れた体にずっしりと、澱《おり》のように春日すみれの罵倒が溜《た》まっている。

――こんな素人に熱いばかりのスポットあてられて、焼け死ぬかと思った。床だって汚いまんまじゃないの。見なさいよ、このドレスの裾。オートクチュールが台なしよ。だから田舎は嫌なのよ。

腹の中で「うるせぇババア」と毒づきながら下げる頭は、やはり女優にはお見通しだったようだ。

――ほら、田舎者ってすぐこうやって居直るの。頭下げながら人を馬鹿にするんだから。もう二度とこんなところ来ない。

二度と呼ぶか、という木崎の捨て台詞《ぜりふ》を期待したが、叶《かな》わなかった。女優の目をもってしても、木崎の鉄面の奥は見えなかったようだ。帰りがけ、木崎が章介の肩を叩《たた》きながら言った。

「このくらい、なんてことない。無事終わって良かったよ。今日はゆっくり休んで、明日もよろしくね。さあ、来年は誰にしようかなあ。また楽しい一年が始まるぞ」

その日アパートに帰ると、章介の部屋からいい出汁《だし》のにおいが漂ってきた。部屋に入ると化粧を落としたふたりと、らくだの上下に章介の綿入れ半纏《ばんてん》を羽織った師匠が「おかえり」とハモった。

「夜食あるで。これからみんなで食べるとこやった」

ストーブの上には金色のアルマイト鍋《なべ》があり、出汁のにおいはどうやらうどんらしい。

なんで毎回俺の部屋なんだという問いは、ここ最近なくなった。遅い朝飯と夜食は、ひとみとシャネルが楽しそうに用意して、賞賛と文句を交互にぶつけ合いながらの共同生活が続いている。このひとときがもう少しで終わるという現実が見えているので、ときどきふっとやりきれなくなる。

「ボン、いいスポットだったわよ。でも、シークレットスターが春日すみれだったとはねえ。ヒット曲とはいえ、あれ一曲の女優さんに、キャバレーの客相手の営業はちょっときつかったのと違うかしらねえ」

「プロダクションも、儲《もう》けるなら今しかないやろ。本人がなんと言うたかて、地方巡業はドル箱や。年が明けたら、またガラリとテレビの画面が変わるんやし」

「あたしもいっぺんテレビに出れば、ちょっとはギャラが上がると思うんだけどね」

「わたしは『笑点』の前座でマジックやったことがあるんですが、そこだけカットされましたね。ふふふ」

一流と有名を但し書きにして地方営業を繰り返している三人の会話に救われるころ、シャネルがぽつりと「悔しいわ」と言った。

「ブルーボーイ、なにが悔しいねん。女優が女やからか」

「違う。あの程度のセットリストなら、あたしのほうが百倍聴かせるはずだって、聴きながら思ってたから」

シャネルの正直な感想は、この場にいる誰もが納得している。それだけに、うまい言葉が思いつかなかった。ひとみが鍋のうどんをプラスチックのどんぶりに取り分ける。受け取りながら章介は、ひとみのマジックに話題を移した。

「あれはきれいだったな。なんか、照明をあてているとこっちも不思議な気分になってくる。白いドレスに次々と花がこぼれて、お客さんがびっくりしてるのがよく分かったんですよ。いつ師匠に習ったんですか」

シャネルが軽く咳払《せきばら》いする。師匠がどんぶりのうどんを勢いよくすすった。ひとみも一緒にズルズルと音をたてる。化粧を落としたシャネルが怪しいウインクを寄こした。

章介はハッとして無心にうどんをすするふたりを見た。誰とも目を合わせようとしない彼らのあいだに、なにやらおかしな気配が漂っている。出汁のにおいを胸いっぱい吸い込んだところで「なるほど」とうなずいた。話題を引っ込めるつもりで「良かったです」と言うと、シャネルがもう一度大きく咳払いをした。

ふたりが部屋に戻り、香水の匂いが残る部屋で、今夜も師匠がトランプの汚れを落とし始めた。章介はくたくたの体を布団に挟み、うつ伏せで師匠の様子を眺める。目を閉じればすぐに眠れそうなのだが、師匠を眺めていたい気持ちも捨てきれない。

師匠。はい。

「もうちょっとで今年も終わっちゃいますね」

「そうですねえ。いろいろあったんでしょうが、振り返るほど遠くもなくて、ちょっと困りますね」

章介がうまく言葉にできないところを鮮やかに言語化する師匠は、ストーブの火にトランプを炙《あぶ》ってはごしごしと汚れをこすり取る。一枚一枚、丁寧に同じ作業を繰り返している。聞いてもいいかと問うと、なんでもどうぞと返ってきた。ぽつぽつと、春日すみれの態度や言葉、歌っているときの表情を語ったあと、正直な感想を口にした。

「気の毒って、こういうときに使う言葉なんだなって思ったんです」

「気の毒、ですか」

「うん。有名な女優さんだって、フロアのみんなが知ってるわけじゃないですか。顔もスタイルもいいし、『パラダイス』のきれいどころも敵《かな》わないのに、歌は十人並み。それ、みんな気づいてるし、本人も気づいてる」

だからあんなにイライラしていたんだ——

「キャバレーの営業は、テレビや舞台とは違うのかなって、照明あてていて思ったんです」

師匠は「うん」と頷いて、汚れの落ちたトランプに蠟《ろう》を塗り始めた。

「それでも歌うのはなぜだと思いますか」

静かに問われるも、うまい言葉が見つからない。黙っていると、師匠がまた「うふふ」と息を漏らした。

なんですか教えてくださいよ。うふふ。師匠が立ち上がり、明かりを落とす。豆電球のオレンジ色が部屋にまんべんなく染みるなか、窓ガラスを揺らす風に紛れ、トランプの擦《こす》れる音が響いた。上下の瞼《まぶた》が吸い付きそうなところで、師匠がぼそりと「欲、でしょうかね」とつぶやく。章介は半分眠りに引き寄せられながら「なんですかそれ」と訊ねた。

「舞台に立つ人間がいちばん恐れるのは、華です。それがないと大きな舞台には立てないんですね。ただ自分の華は自分で見ることが叶わない。それだけにどんな華を咲かせているのか、怖いんです。怖いなら立たなけりゃいいものを、周りにはその華を舞台に上げなきゃいけない人間も多いわけです。大舞台に立てるのは、欲を気づかせない人間だけです。怖いですよ。スターというのは人前に出た途端、あらゆる欲を消して見せることが出来るんです。戦う相手は他人じゃない。春日さんは、ご自身がどのくらいの実力で歌っているのか、知っていても歌わねばならない人なんですね。上手い下手ではないんです。欲を華に見せられなくなったらお終《しま》いですからね。プロデューサーやディレクターというのは、ひと目でそういった性分を見破る人間の仕事ですね。分からなければただのぽんくらでしょうな。舞台の上からはいろんなものが見えます。つまらない歌を歌ったり芸を披露している自分が、お客さんの目にしっかり映っているかどうかまで。わたしはふっと気づいちゃったんですね、自分には消せるような欲もなかったな、って。人間、そこからが長いなんて思わない時代のことですけれどね」

それがいいことなのかそうでないのか、師匠はそこで言葉を切った。章介は、一定の速度でふわふわと語る師匠の言葉を、深く考える前に眠りの底に引きずり込まれた。

翌日、店に着くなりシャネルが木崎に詰め寄った。スパンコールのドレスは、ライトがあたらないときはあちこちのほころびばかりが目立つ。早出のホステスたちがシャネルと木崎のやり取りを面白そうに眺めている。

「木崎さん、あたしもあのゴンドラで出たいんだけど。なにも年に一回しか使えないものじゃあないでしょう」

「シャネルさんが、あれに乗るんですか」

木崎が不安げな表情で天井を見上げた。視線をシャネルに戻し、眉間に皺を寄せる。

「なによ、体重制限に引っかかるとでも言いたいわけ」

黙り込んだ木崎に、いったいそれは何キロなんだとシャネルが凄《すご》む。木崎はいくぶん声を低くして「百キロです」と答えた。

ふふん、と鼻を持ち上げたシャネルは「ここで量ってもいいわよ」と不敵な笑みを浮かべた。

——いいぞシャネル、ゴンドラで歌っちゃえ。

——木崎さん、やらしてやんなよ。

——昨日よりよっぽどいいステージになるよ。

ホステスたちが、こぞってシャネルの味方についた。いつの間にこんな応援部隊を得たものか、くわえ煙草《たばこ》のひとみも面白がって顔の皺を深くする。ぱらぱらとフロアに入ってくるホステスたちが、何ごとかという表情でじわじわとシャネルと木崎を囲み始めた。ゴンドラをめぐるふたりのやり取りが、内側にいるホステスから後ろへと伝わってゆく。

——シャネル、体重何キロなのさ。

間髪いれず「八十キロよ」と返した。どう見ても、春日すみれの倍はある。あと二十キロの余裕があると、シャネルが一歩踏み出した。ざわつきがいっとき止んだ。

「わかった。わかりました」

木崎が折れた。

三分後、本番でワイヤーが切れたら大変だという木崎が、テストと称してシャネルをゴンドラに乗せた。

ホステスたちが見守るなか、ワイヤーのきしむ音とともにゴンドラにみちみちと詰まったシャネルの巨体が降りてくる。

「やっほう、最高。いい眺めよぉ」

ゴンドラが「アダム＆イブ」の高さで止まる。シャネルがバックバンドなしで歌い始めた。

I'm dreaming of a white Christmas
Just like the ones I used to know

読経で鍛えた喉《のど》が太い男声を響かせると、ホステスたちが「ほぅ」とため息を吐《つ》いた。誰かがぽつりと「この歌、うちの子供たちに聴かせたいよ」と言ったところで、座がしんみりとした気配へと変わった。

シャネルはどこでどうバンドマンたちと打ち合わせたものか、春日すみれとまったく同じ曲の並びで歌った。「恋する人魚」を歌いながらゴンドラで降りてくる際「アダム＆イブ」の客からは歓声と同時に悲鳴が上がり、曲の合間に「おだまり」「だまれブス」「うるさいハゲ」を挟み込んでは昨日の三倍はありそうな喝采《かっさい》を浴びている。

昨日と同じ段取り、同じライティングで始まったクリスマスの舞台は、三人分の持ち時間をすべてシャネルが持っていきそうだ。木崎も今日ばかりは仕方ないと言いながら、けれどタレントやバンドマンたちが繰り広げるパロディを面白がっている風だった。

章介の隣では、師匠が嬉《うれ》しそうに舞台を眺めている。

「今日は、いいクリスマスですねえ」

「いいんですか、師匠」

「ええ、こういうこともございますね。舞台は水物です」

「ひとみさんは、スタンバイしてますよね」

師匠がそっと客席を指さした。ひとみが団体客の席に着き、水割りを作っている。三人の中ではもう、今日の流れは出来ていたようだ。事前に知らされなかったことに、さびしいものが通り過ぎた。

「最初から、言ってくれたら良かったのに」

師匠が「おや」という表情で章介を見上げた。

「名倉くんは、そんな表情もするんですね」

「カスバの女」を歌い上げるシャネルにライトを合わせ、なにかおかしな顔をしているかと問うた。

「いや、いいと思いますよ。思ったことを口にするのは、大切なことです。実にいいことだと思います。ひとみさんも喜びますよ、きっと」

「師匠はいつ、ひとみさんにマジックを教えたんですか」

師匠はいつの間にか、フラワーさんではなくひとみさんと呼んでいる。師匠は「うふふ」と言ったきり答えなかった。客もホステスも、シャネルの変幻自在の歌声に聴き入っている。ラストの一曲は「ホワイト・クリスマス」だ。舞台から降りて、客席を練り歩くシャネルの胸元に、客が千円札を挟み込む。ほとんどの客が、昨日のシークレットショーを見ていない。

今夜の楽しさのほとんどがフロアで働くホステスたちに向けたものだったと気づかせたのは、シャネルの両手に増えてゆく縦に二つ折りにされた千円札の嵩《かさ》だった。あちこちから「チップお願い」の声がする。馴染《なじ》みのホステスに甘えられた男たちが、シャネルにチップを渡す。

「ボンソワール、ありがとう、メルシー」

シャネルはステージに戻り、左手にあったチップをバンドリーダーでドラマーの胸ポケットに突っ込むと、その頰に唇を押しつけた。リーダーは表情を変えず、頰《ほお》にべったりと大きなキスマークをつけてドラムを叩き続けた。

シャネルが稼いだ「いきなりワンマンショー」のチップは翌日、四人分の暖かなオーバーに変わった。

「あたしからの、クリスマスプレゼント」

木崎には「お子さんに」と気の早いお年玉が。うやうやしく受け取る木崎より、シャネルの方が深く頭を下げていた。

「パラダイス」の正面に門松が立った。

とうに太陽が昇っているはずの窓辺が、薄暗かった。章介は窓にびっしりと張った結露の、薄い氷に息を吹きかけ爪で削って外を見た。隣の建物との間に、細かな雪が白い糸みたいに連なり降っている。風がないので、糸はひたすらまっすぐ空から落ちてくる。

師匠が「これで、今日からなにもかも真っ白になりますね」とつぶやいた。

「名倉くん、よく雪が積もると暖かいといいますね」

「ああ、そうかもしれません。うちの母ちゃんがよく、雪が降らないと水道管が凍《しば》れるって言ってました」

「気温より雪の方が暖かいってのも、不思議ですよねえ」

章介の削った氷の穴を更に広げながら、師匠が外をのぞき見ている。

雪の降る日の静けさは、この部屋がどこか異界へ通じているような錯覚を連れてくる。

クリスマスが終わればあとは晦日《みそか》へなだれ込むだけだった。大晦日から三が日の四日間は店も休みになる。

「パラダイス」が休みのときは、部屋でごろごろしたり、そのとき出入りしているホステスのところで食べさせてもらったり——長かった女のところへは、月に一回のペースで通っていたことなどを思い出した。

夜の街もぶらつかず、仕事が終わればそそくさと寮に戻る章介には、最近夜伽《よとぎ》の声もかからない。今年は良くも悪くも、読めない年末年始となった。

ちりちりと胸のあたりを刺激するのは、年が明けたら、松の内のショーを数日務めて、師匠もシャネルもひとみも、次の営業先へと行ってしまうという事実だった。最初から分かっていることに、どうして苛《いら》つく必要があるのか、当の章介にもわからない。

「師匠、年末年始はどうするんですか」

「そうですねえ――」

師匠の視線がストーブのあたりをうろうろして「どこへ行くあてもないですねえ」とため息をついた。

「名倉くんは、どちらへ行かれますか」

「俺も、どちらへ行くあてもないですねえ」

元旦から三日間は、夜の街もほとんどが休みだ。大晦日から三日までの計四日間。ぽっかりと時間がある。今年は誘ってくる女もいない。そこは口には出さず、もう一度「ないなあ」と続けた。

師匠も同じだとすれば、この部屋でふたり顔をつきあわせていることになる。章介はその、あまりに救いのない絵面を思い浮かべたことを後悔した。

「まあ、我々は喪中《もちゅう》ですしね」

「モチューってなんですか」

師匠が細い目を糸ほどに細くして「家族が死んで一年経《た》ってないってことです」と言った。

「一年間は、喪に服するのが世の習いなんですね。そういうときは、あらゆるお祝いごとから距離を置くんです。だから、お正月の挨拶もしないし、もちろん年賀状も出しません」

「へえ」

「名倉くんは、年賀状のやり取りをしているひとはいらっしゃらないのでしょうか」

「いらっしゃいません」

「学校にいたころも」

「ずっと、です」

師匠の目がいつもどおりの細さに戻った。

「わたしと、おんなじですね」

師匠は、挨拶をしなければならない人に正月早々会う仕事が長かったので、長く年賀状を出したことがないのだと言った。

「直接ご挨拶できる環境で仕事をしていましたのでね。それに、お世話になっている先というのはけっこう限られてましたし」

なるほど、「モチュー」の意味については「一年間悲しいふりをしておけ」ということだとなんとなく理解した。

ノックもなく、シャネルとひとみが部屋に入ってくる。

「お目覚めはよろしかったかしら」

さんざん歌い飲んだ翌日に、どうしてこんなに元気があるのかと首をひねるくらいの陽気さだ。墓場に行くときに買ったキルティングの作業つなぎが気に入ったようで、寮にいるときはいつもその姿だった。

シャネルがフレンチトーストを焼きながらのひととき、あと数日で訪れるその四日間をどう過ごすか、という話題になった。

「ちょっといい男と温泉宿でしっぽりやりたいわねえ」とシャネル。

「とにかく、ごろごろすんねん。四日あれば飽きるやろ」とひとみ。

師匠は「喪中ですし」と言いながら、ひとみが紙コップに分け入れるインスタントコーヒーに、ひとつずつ角砂糖を落とした。

「喪中も途中もないで。あんた、まだ奥さん生きとる言うてたやんか」

「ええまあ」

「生きてるんやったら、ここ連れてこいっちゅうに」

ひとみがストーブで沸かしているお湯を取ってくると言って、自分たちの部屋に戻った。いつもどおり不機嫌そうな響きに変わりはない。シャネルと目が合い、彼――彼女が思わせぶりなウインクを返して言った。

「師匠、あんまりイライラさせないほうがいいわよ。あれでけっこう、純情だから」

ひとみを形容する言葉に純情があるとは思わなかった。師匠は「はあ」とうなずいてはいるものの、感情がどこにあるのかさっぱり分からない。

「ろくな恋愛してこなかった女は、師匠みたいなのに弱いのよ」

どういうことかと問うと「誘ってものらない男に決まってんじゃないの」と体をくねらせる。マジックを教えたところでひとみがころりと惚《ほ》れてしまったというのなら、章介にもその苛立ちが想像できる。

「のらりくらりと、その気があるんだかないんだか。あの子にとっちゃ、今まで滅多にお目にかからなかった堅物よ。あたしたちの行く先に、そんなデザートみたいな男、そうそういるもんじゃないの。ああ、面白くてやってらんないわ」

シャネルが首を振り、熱に浮かされ呆《ほう》けたような表情でフレンチトーストを紙皿にのせた。章介はそれを受け取り、口に入れる。もう喉元まで甘みがせり上がってきており、胸焼けに拍車がかかる。

ひとみがヤカンを手に戻ってきた。

「なんや、楽しそうやな。なんの話しとったん」

シャネルが「あんたの悪口言ってたのよ」と言えば、ひとみが「美しいのは罪やからな」と眉毛のない顔で返した。師匠がラジオの周波数を変えると、いきなり外国語が飛び出す。章介にはそれが英語なのかフランス語なのか函館弁なのかわからなかった。

静かに終わってゆくはずの年の暮れにひょいとおかしな風が吹いたのは、その日章介が「パラダイス」に出勤したときのことだった。十センチほど積もった雪は、容赦なくスニーカーを濡《ぬ》らしてゆく。冬靴が欲しくなったのは、シャネルに買ってもらったオーバーがやたらと暖かいせいだろう。去年我慢できたことが、今年は耐えられなくなっていた。凍《し》みるような寒さが、いまは痛い。

今日か明日、靴を買いに行こうと決めて橋を渡り、職場へと急いだ。裏口に回ろうとしたところへ、まだ施錠したままの正面入口に、ベージュのロングコートを着た女が立っているのが見えた。看板を見上げたり、ホステス募集の張り紙やらショーのポスターを眺めては、何度か腕の時計に目をやる。店に用事があるようなないような――少しずつ距離を縮めてゆくと、ちょっと「パラダイス」ではお目にかかれないような整った顔立ちと分かる。ピンヒールですっきりと背筋を立てている姿は、ステージに立ったときの春日すみれを思い出させた。

玄人か――

その立ち姿と横顔は、三百六十度から見られてきたことへの慣れそのもののように思われ、章介は冷たい足から神経がなくなってしまったみたいに、その場に立ち止まった。

「なにか――店にご用でしょうか」

女は迷いのないまなざしを章介に据えて、真っ白い息を吐きながら、はっきりとした声で「まだ中に入れませんか」と問うた。

「正面はまだ開けていませんが。募集の件ですか」

女はホステスかどうかという問いには答えずまっすぐに章介を見て「中に入れてください」と言った。

フロアに入り声を張って木崎を呼んだ。二階の手すりのあたりから木崎が「おはよう」と返す。

「木崎さん、お客さんです」

一階に降りてきた木崎は、章介の背後に立っている女を見て、珍しく「ほう」と軽いため息を漏らした。この器量なら、あっという間にナンバーワンになれると踏んだようだ。

「いらっしゃい、事務室で今後の詳しいお話をさせてくださいますか」

女は「いいえ、募集広告の件じゃないんです」と言葉を切った。ホステス志望ではないと分かったあとの木崎は「え」と言ったきり口を閉じない。女は寒いところから暖房の効いたフロアに入ったせいなのか、頬に血色が戻っていた。そのことで彼女がほとんど化粧もしていないことが分かり、章介は再びその美しさに驚いたのだった。彼女は眉も頬の紅も自前で、口紅すら塗っていない。

きりりとした眉に大きな二重の目、卵にそっくりな顔かたちと黒い長い髪。そしてコートの上からでもわかる恵まれた体型。伏せた目になにか「わけ」でもあるのか、言葉を選んでいるようだ。

木崎が、フロアのボックスシートを示し、座りましょうかと彼女を促す。女がソファーに、木崎がスツールに腰を下ろした。その場を去りかけたものの、耳に「フラワーひとみ」という言葉が入ってきて動きを止めた。

彼女は真剣な顔で木崎を見ていた。

「こちらに、フラワーひとみが、来ているとポスターにありました」

「フラワーさんは、いまこちらにご出演いただいていますが、それがどうかしましたか」

「体調を崩したりは、していませんでしょうか」

「別段、そのような感じはしませんが。失礼ですが、フラワーさんのご関係の方でしょうか」

女は、名乗らずにいたことを詫《わ》び、居住まいを正した。

「すみません、申し遅れました。実は、わたくしが本当のフラワーひとみです」

木崎も、もちろん章介も、彼女が何を言っているのかうまく理解できない。フロアの片隅にいる三人のあいだに、おかしな距離と沈黙が生まれた。嫌になるほどの間を置いて、木崎が言った。

「それは――ありがたい話なんでしょうけど。事情がよく、僕には」

戸惑いもそつがなかった。つと顔を上げた木崎と目が合う。新たに現れた「フラワーひとみ」は、伸ばした背筋の上にちいさな顔をのせて天井から一本の紐《ひも》で吊《つ》っているような、見事な姿勢で言う。

「わたしが、本物なんです」

わずかにためらいの気配を残し、彼女は「母が、お世話になりまして」と言ったあと、深々と頭を下げた。

「いま、こちらでステージに上がっておりますのは、母です。大変ご迷惑をおかけしました。今日からの舞台はわたしが務めます。どうぞよろしくお願いいたします」

フラワーひとみ、その母、あるいは娘。まとまりの悪い頭を一、二度振って、彼女の言葉を肚《はら》に落とした。

あと二時間もすれば、ひとみが店にやってくる。フラワーひとみがふたり。いや、違う。こっちが本物で、向こうは母親だ。

「すみません、それ本当ですか」

つい、声が出た。

木崎が章介のことを「照明係」といって紹介した。若いフラワーひとみは「母がお世話になりまして」と頭を下げる。章介は、娘のひとみが店の前で会ってからただの一度も笑顔を見せていないことと、ひとみの娘のひとみを名乗っているのに少しも大阪弁が出ないことが気になった。

「じゃあ、ひとみさんは今日から、交代ってことですか」

笑わぬひとみは「はい」と真剣な顔でうなずいた。

「じゃあ、向こうのひとみさんは、どうなるんですか」

どうなるのかと、問うたほうも困っている。どうしてそんなことになるのか、訊《き》きたいことはまだあった。

「母には、大阪に帰ってもらいます。残りのショーはわたしが務めます」

きっぱりと言い切る女が、どうしても「フラワーひとみ」に見えなかった。章介の知るひとみは、シャネルとふたり掛け合い漫才をしながら、どたばたとした四人の生活を束ねている。

木崎がひとみのプロフィールの話をしていたことを思い出す。目の前のひとみが二十八歳ならば、彼女の話は嘘《うそ》ではないのだ。

木崎の提案で、詳しいことは母親のほうのひとみが来てから話し合おうということになった。娘のひとみは、隅のソファーにぽつんと座りながら、しかしその姿勢は驚くほど弛《ゆる》まなかった。

午後六時が近づいてきたところで、ぱらぱらと若手がフロアに現れる。深海魚たちより遅く来ると、しばらく嫌みが止まらないのだ。舞台の点検と照明の具合を確かめて、マイクの断線がないかどうかを確認する。「パラダイス」の夜が始まろうとしていた。

聞き慣れたシャネルの声がフロアに響いた。

「みなさぁん、おはようございますぅ。今夜もバリバリとチップを巻き上げて、お正月の餅《もち》代稼ぎましょうねぇ」

今日の衣装はピンク色のラメのロングドレスで、カツラは赤毛の巻き髪だ。化粧はその場にいる誰よりも濃い。シャネルがやってくるだけで、現場におかしなスイッチが入る。フロアの妖精というにはごついが、深海魚たちもみなシャネルを気に入っているようだ。ともすると、ひとみが深海魚たちのひとりに思えてくる。あっという間に「パラダイス」に馴染んだ三人が、年明けの数日を残して去ってゆくことなど、みな忘れている。

ひとみが「おはようさん」とかすれ声で入ってくると、もうひとりのひとみが立ち上がった。お母さん。なんやお前。

「もう、いいから。大阪に戻って」

「勝手いいなさんな。なに血迷うてこんなところまで」

ひとみは低く凄むように「邪魔や」と吐き捨てた。若いひとみは怯《ひる》まない。

「もう、終わったから――ぜんぶ」

ひとみの顔から表情が消える。周囲には早出のホステスたちが遠巻きに輪を描く。シャネルが「なぁに、これ。どっきりカメラ？」とカメラを探すふりをする。

「帰るのは、お前や。年の暮れに仕事場で人騒がせなことしたらあかん」

まったく相手にする様子もなく、ひとみがフロアを進む。取り残された若いひとみは、美しい立ち姿のまま、その場から動かない。シャネルがすっと彼女の側へ寄り、肩口に向かって囁くのが聞こえた。

「事情はわかんないけど、お店が終わるころまたいらっしゃい。それか、お客さんとしてあたしたちのステージを見るか。どっちでもいいわよ。お店が終わったら、あたしがなんとかしてあげる」

章介は「どうするつもりだよ」と肚でつぶやいた。ホステスたちの描いた円が輪郭をくずして、フロアがミーティングの準備に入る。師匠がするりと章介の横に立った。

「なにやら、わけありのようですねえ」

「ひとみさんにあんな綺麗《きれい》な娘がいたこと、聞いてましたか」

師匠は少し言いよどむ。きれいかどうかまでは――正直に答える師匠が可笑《おか》しい。若いひとみが章介のところにやってきた。あいかわらず笑みのひとつも浮かべない。

「ステージを、見せてくださいませんか」

章介の一存では決められない。返答に困っていると、客として座っているという。

「ちょっと待っていてください」

事務室に戻った木崎に、いま見たことを話す。眉根を寄せた木崎は「ちょっと面倒な話みたいだねえ」と言ったあと「見るのはぜんぜん構わないって伝えて」と涼しく言った。

「今夜、若いほうのひとみさんも、寮のほうに泊まるんでしょうかね」

「相部屋だったね、そういえば」

木崎は「そこは上手くやってよ」と白い歯をきれいに並べて見せた。

若いひとみに席をひとつ用意することになった。スタッフの邪魔にならなくて、かつステージが見える場所に難儀していると、師匠が軽い口調で「照明の後ろ側でしょうね」と言った。

「師匠、今日も冴《さ》えてますね」

「名倉くんも、上手くなりましたね」師匠がうふふと鼻から息を漏らした。

師匠が自分の呼び出しアナウンスを終えてステージに向かう後ろ姿を光で追いかける。若いひとみが章介の背後、椅子ひとつ置いた隣に座った。

師匠がトランプを落としたところで、客より先にホステスたちの野次が飛ぶ。

――チャーリー、絶好調！

たしかに絶好調だ、と頷きついでに若いひとみを振り向き見た。その頬はぴくりともせず、座る姿勢も見事に直角だった。頑《かたく》なに何かを拒絶している風だが、本人も自分が何を拒絶しているのか、実のところ見えていないのではないか。章介は三人と出会う前の自分を思い浮かべた。どこが似ているということもないのだが、若いひとみの背筋の張りは、彼女たちのこれまでを物語っているような気がする。同情か——何に対して。問うたり答えたりを無意識に繰り返しているうちに、チャーリー片西のステージが終わった。最近は三羽の鳩も師匠が照明器具のあるところまで戻ってくるのを学習している。章介の肩で羽を休める鳩の爪が、骨の浮き出た皮膚に食い込んで痛がゆい。

シャネルが怒号と罵声と笑いの合間に切ない歌詞を聴かせる。「パラダイス」と「アダム&イブ」のフロアに、今まで見たこともない空気が漂う。客も、ホステスと一緒にシャネルに束ねられていた。

罠にかかれば　しあわせ者よ
ほほえみ色の　水槽で
薄い酸素を　探して泳ぐ
あたしを見つめる　あなたはいない
泳ぐ　あたしが　見えるだけ

ああ、そうだったかと章介は何人かのホステスを思い浮かべる。名前を忘れたり、顔の細部は思い出せないけれど、章介の煮え切らない態度にしびれを切らす女たちの酒臭い息だけはよく覚えていた。

飯と寝床を手にいれるのにさほど苦労しなくてもいいことを覚えた若さが、どれだけ罪深いかを説いた女もいた。古参の、由美子《ゆみこ》との会話が蘇《よみがえ》る。

——そんな説教、親にもされたことないよ。

——説教じゃないの、本当のことを言ってるだけ。

——なんか、面倒くさいんだけど。

泣かれたところで、もう次はないのだった。由美子も、章介の「ほほえみ色の水槽」に好んで入り、薄い酸素を探し、水槽の壁に映る自分の姿を見ていたのか——

首にさげたマラボーの先をくるくると回しながら「ろくでなし」を歌うシャネルが、客席に降りた。マイクのコードが許す限り、客の側へと寄る。

じゃあ、俺はなんだったんだ——

泣かれても拗《す》ねられても、脅されてもすかされても、心揺れることのなかった今までが、シャネルの歌ひとつで懺悔《ざんげ》をしなくてはいけないものへと変わってしまう。

シャネルが縦にふたつ折りにされたチップをドレスの胸元に挟み、ライトの輪から出た。章介はスポットで追うが、壁にぴたりと背をつけており、死角になってしまった。ラストの曲の、イントロが流れ始める。急に湿っぽい空気が充満したと思ったところで、師匠が「名倉くん、ステージです」と、そこだけ早口になって背中をポンと叩いた。毎日毎回違うステージは、場数の少ない章介にとっては難儀だ。バンドメンバーは、シャネルが消えてステージにひとみが上がった時点で、次に何を求められているのかが分かるのだ。毎日の演奏も、どこか楽しげに変わっている。

舞台の上で、ひとみが真っ赤なドレスを着て背中をこちらに向けていた。体のラインを強調しつつ、膝から下が大きく広がっている。

乾いたガットギターが振りかぶった。ちりちりと細かな音が連なり、大きく二度かき鳴らす。つよい照明をひとみにあてた。高く掲げた両手から、今日は白い花がこぼれ落ちる。背中を滑り、ドレスを滑り、床にちらばる。章介の背後で、若いひとみが立ち上がった。

パーカッションが湿った音を響かせたあと、シャネルの歌が始まる。

ベサメ、ベサメムーチョ――

師匠が横で「うぅん」と感慨深げに唸《うな》る。シャネルの声とひとみの反らせた背中が、妙な緊迫感を生んで、客席からはかけ声もない。静まりかえった店内に、ひとみしかいないような錯覚が起こる。

ベサメ、ベサメムーチョ――

掲げた両手の花が尽きて、腰を揺らしながらゆっくりと体を客席に向ける。章介が設《しつら》えたビールケースの舞台で、ひとみが客席を泣かせていた。なぜだ。肩を揺らすホステスたちの背中に、客の手がまわる。女たちはなぜ泣くのだろう。

いつにも増してゆっくりと曲にのるひとみの両手から、今度は次々にトランプのカードがこぼれ落ちる。一枚、二枚、そのたびに白い腕がしなやかな動きとともに上下する。左右にはらはらと舞い落ちてゆくカードは、使い込んですっかり柔らかくなった蠟塗りのプロ仕様だろう。引っかかることもなく、落ち急ぐこともなく、空中で舞っている。

照明をあてている章介の目が曇った。袖口《そでぐち》で目をこする。隣で師匠が両手を合わせ、音のない拍手をしていた。


その夜、章介の部屋には若いひとみを加えての五人が集った。布団を壁のぎりぎりまで寄せる。五人いると部屋にはまともな空間がなくなる。四人だとなんとか距離を保てた部屋が、たったひとり増えるだけでなにやら落ち着かない。

シャネルがストーブの上にアルミホイルを敷いて、冷えたザンギをのせた。ワンカップの蓋《ふた》を開けて、水をいれたヤカンの中にふたつ置く。師匠はこちらに背を向け、鳩の世話を始めた。シャネルとひとみのお陰でストーブの活用方法が増えた。温かいもの食べたいし飲みたいもの、というシャネルの言い分はもっともだ。

「で、なんでこんなとこまで追いかけてきたん。お前にはもう、関係のない世界やろ」

ひとみが流し台に腰をあずけ、立ったまま煙草に火を点《つ》け言った。若いひとみは自分に注がれる視線を撥《は》ねのけるように硬い表情を崩さない。シャネルがせっせとザンギをひっくり返しながら「ちょっと面倒くさそうねえ」とつぶやいた。師匠が鳩の世話を終えて、章介の隣に戻ってくる。誰も口を挟むことが出来ない空間に、師匠が驚くほど軽やかに疑問を挟み込んだ。

「すみませんが、どちらがひとみさんなんでしょう」

ストーブの上から落ちかけたザンギを手で受けて、シャネルが「アチ、アチ」と踊る。章介は若いひとみといつものひとみを見比べて、俺は若いほうが、と傾いた思考を引き戻した。誰もが他人で、無責任さを両手に抱えている。それでもこの「ひとみたち」から目をそらすことが出来ない。

「わたしが、フラワーひとみです」

若いひとみがやってきたときと同じ言葉を繰り返した。師匠は「ううん」とひとつ唸った。

シャネルが落としかけたザンギを口に入れ「中はまだ冷たいわ」とぼやいた。

「どっちでもええねん。それはええねん。今の営業先はうちがやってる。そこにわざわざ引退したお前がやってくることがおかしいねん。見てみい、みんな困っとるやないか。ここじゃあフラワーひとみはうちのことや。廃業決めたんやったらさっさとアメリカでもフランスでも行ったらええねん」

横を向けば、師匠も章介の顔を見ていた。合った目で「なんか話が大きくなってきたな」というやり取りをする。

「アメリカもフランスも行きません。お母さんにこんなことをさせたのが間違いでした」

「あいつとはどうなったんや」

「別れました」

いよいよ深刻になってきたところで、シャネルが紙皿にザンギを取り分ける。

「はい、いったん停止。その会話に至るあれこれを、どちらのひとみでもいいんで、かいつまんで話してちょうだいね。じゃないとみんな、夜眠れなくなっちゃうでしょう」

師匠がとってつけたように「それにしても、今日のベサメムーチョは良かったですねえ」とつぶやいた。

ひとみが娘に向かって「お前が説明しい」と顎《あご》を上下させる。表情の硬い若いフラワーひとみがぽつぽつと言葉を選ぶように話し始めた。

「今回のキャバレーを最後に、この仕事を辞めるつもりでした。結婚してくれというひとが現れたんです。関西《かんさい》にあるバレエカンパニーの二代目でした」

幼いころから高校を卒業するまで、ひとみが通い続けたバレエ教室のオーナーが、二代目にあとを継がせることを前提としての嫁探しを始めたという。自らも舞台に立つ次期オーナーは、二年間フランスに勉強をしに行くにあたり、嫁を迎える決心をした。親に「幼いころから憧《あこが》れ続けていた人がいる」と告げたのが秋のこと。それが「大竹《おおたけ》ひとみ」だった。

「彼にはずっと、東京の社交ダンス教室で講師をしていると言っていました」

地方回りのときは、大会の引率で留守をすると伝えていたというから、若いひとみも彼のことを嫌いではなかったのだろう。シャネルが身を乗り出し目を輝かせながら「ドラマみたい」と彼女の話を聞いている。

「でも、結婚なんて考えてもいなかったんです」

うなだれた娘に、年増のひとみがつよい口調で突っ込んだ。

「ちっちゃい頃から、この子だけはおっきな舞台で踊れるダンサーにしたろ思うて、なんぼ頑張ったかしれん。それやのに勝手にストリッパーになんか」

娘のひとみはカンパニーに残ることをせず、高校を卒業したあと、母の名を継ぎ踊り子になった。

「お前からあんな仕打ちをされるような、あたしがどんな悪いことしたっちゅうんや」

「子供のころからずっと、母親がストリッパーだからって、自分から身を持ち崩すのはただの阿呆《あほ》や言われて育ちました。それなら——お母さんがこの仕事に誇りを持ってると言うのなら、わたしも踊り子になろうって思ったんです。そうすれば、お母さんの誇りが倍になるって、あのとき本当にそう思ったんです」

年増のひとみが「けっ」と鼻を鳴らした。

「十九でストリッパーにするために産んで育てたわけやないで」

煙草を台所でもみ消して、ひとみが吐き捨てた。どうやら、問題はもっと深い場所にありそうだ。ストリッパーになって、男の借金を払い終えたところで気が緩んで妊娠、という話を思い出した。若いひとみは、そのときの子だったのだ。

「小学校のときに、作文で『うちのお母さんはストリッパーです』って書いたら、担任の先生がびっくりして、家庭訪問に来たんです」

担任教師が「お子さんに本当のご職業を言われるのはいかがなものか」と切り出したとき、年増のひとみは静かに言ったという。

——先生あんな、うちは世の中がぐちゃぐちゃになったときに一番喜ばれる仕事してんのや。天照大神《あまてらすおおみかみ》が隠れてなんもかんも前に進まんようになったとき、誰が天岩戸《あまのいわと》を開いた思っててん。

その仕事を子供に隠しとけっていったいどういう意味や。なんも恥ずかしい仕事やあらへん。うちは一ミリも恥ずかしいと思わんで。この仕事を恥ずかしい言うあんたの頭の中のほうがよっぽどやらしいもん詰まってんのと違うか。

「あのときのお母さんは、ほんとうに綺麗で恰好良かった。だからいつか自分も絶対に踊り子になろうと思ったんです。あとを継ぐつもりで十九のときから『二代目フラワーひとみ』を名乗りました」

どちらもフラワーひとみなのだった。別段、襲名披露が必要な仕事でもないらしい。名乗ればすぐに「フラワーひとみ」になれた。章介は、ここにも一号二号がいたことに気づき、つと籠《かご》の中の鳩を見た。同じことを考えたのか、横の師匠も同じ角度で首を曲げている。

「裸で踊るなら親子の縁を切るって言われたとき、お母さんは言ってることとやってること、違うと思った。こうなったら、意地でも続けてやろうって」

それちゃうやろ、とひとみが娘の言葉を遮った。

「それやったらなんでカンパニーのボンボンに、東京で社交ダンスに転向したいう嘘つかないかんのや。お前の意地なんてもんは、大阪を出て東京弁使《つこ》うたところで所詮《しょせん》そこまでや。十年続けられたんは、なまじ腕に覚えがあったせいやろ。ダンスの腕がなければ、場末の小屋でもっと見せろ股《また》開けカスボケ言われて泣いてたわ。十年やってもう気ぃ済んだやろ思ったら、今度は結婚話におフランスがついてきた。なんやお前はいちいち動きが派手で、いらんタメを作るぶん見とるこっちが恥ずかしいわ」

初めて若いひとみの表情が崩れた。無表情は舞台衣装だったのかと、その場にいた誰もが彼女の頬の震えに目を奪われた。

表情の硬い美人顔が泣くのを堪えている姿に、部屋が冷えてゆく。章介はなんの感情も持てずに彼女の気持ちが震えているのを眺めていた。罪悪感がないのは、娘を泣かせる母親の言葉に、なにひとつ冷たいものを感じなかったからだ。

「今回の仕事を最後に言うて旅の支度しとったら、カンパニーのボンボンもさすがにおかしい思ったんやろな。年末年始にかかるソシアルダンサーの、そないに長い地方仕事なんか聞いたことない言い始めたんや。事務所に謝りに行くか正直に言うてしまうかのところであたしに会うて、十年分の荷物が重とうなったんかぽろりと泣きよった」

娘の気が済んだ十年の節目で、無事母と娘が和解するかに思えたのだが、そうではなかったらしい。

「それならおかんに任せとき言うて、もっかい古い衣装引っ張り出して日本のハズレまで脱ぎに来たんや。本人のおらん事実上の引退公演や。腕に甘えた舞台でつんけんしながら踊って十年、ふさわしいラストステージやないか。こっちもカムバックがラストでプラマイゼロや。お前の縁談が壊れたくらいで、はいそうですか言うてのこのこ大阪に戻れるかい。勝手もええ加減にせんと張り飛ばすで」

声を荒らげたひとみだったが、数秒の沈黙のあと声を絞り出すようにつぶやいた。

――なんで、その結婚駄目にしたん。

アイラインが溶けて、ひとみの頬に真っ黒い涙が伝った。シャネルが熱燗《あつかん》をコップに分けてひとりひとりに配る。無言で受け取り、みな一気に腹に流し込んだ。

「かんにん、彼に、ほんまのこと言うてしもた」

娘のひとみもぽろぽろと涙をこぼし始めた。

「聞いてらんないわね」とシャネルが箱から新しいワンカップを三本取り出し、ヤカンに浸《つ》ける。ザンギがなくなったアルミホイルの上に、今度は裂いたスルメがのせられた。

温まるほどに身をよじるスルメが切なくて、章介がひとつ手に取った。

「言うたお前がすっきりしただけで、誰も救わん話ようしたな。ストリッパーの誇りがどうの言うとったわりには情けない。これでお前の十年がパー。あたしの五十年もパーや」

頭ひとつぶん、師匠の座高がのびる。カクカクと音を立てそうな動きで年増のひとみを見上げた。

あんた五十だったの——シャネルも口を半開きにしてひとみを見る。章介は毎日のように照明をあてていた裸が五十女のそれと知り声も出ない。ステージ初日に反応した欲望をいまこの手で殴りたい気分だ。

「あんた、やるわねえ。さすがフェアリーだわ」

シャネルの感嘆に、ひとみが「悪かったな」と返した。

ふたりとも泣いたことで、周りのもやもやは多少は流れていった。けれど母と娘の間には、一度の会話では流れきらないものが溜まっているようだ。箱で買ってあったワンカップのおおかたを飲み尽くして、その夜はお開きとすることにした。

「あたし、ここで寝るのよね」

空のワンカップをシンクに集めたあと、シャネルがスルメのにおいをぷんぷんさせながら言った。師匠が無言で鳩の籠を枕元に寄せた。布団は二組しかない。シャネルは鼻歌を歌いながら二枚の敷き布団をぴったりと付けた。

「あたしはボンの布団でいいわよ」

「俺、どこで寝るんですか」

「あたしの腕の中に決まってるじゃない」

落ちた顎が床で音を立てそうだ。本気か、と問うことも許されない。仕方なく、ありったけの防寒着を体にのせて、ごろりと横になった。

「もっとこっちにいらっしゃいよ、寒いでしょ」

優しげな誘いをできるだけ丁寧に断る。

「もう、仕方ないわねえ」と言いながら、シャネルが自分の防寒着を章介に掛けた。酒のお陰で体は温まっているものの、なかなか寝付けない。師匠はすぅすぅと明らかにわかる狸《たぬき》寝入りでふたりのやり取りを聞いている。

それにしてもさ、とシャネルが天井に向かって話し出した。

「母親と娘って面倒くさいわねえ。師匠のところは子供はいたの」

狸寝入りがバレたので、師匠がひとつ大きく息を吐いた。

「うちは、いませんでした」

「ボンはまだ子供だし、こんな暮らししてたら女も結婚も先の話よねえ」

「俺はそういうこと、考えたこともないです」

「あら、じゃああたしとする？」

「けっこうです」

沈黙に、また雪が降り始めた。凍りついた窓ガラスを、硬い雪が滑ってゆく音がする。母は今ごろどこで何をしているのだろう。章介のみぞおちにも音なく雪が降る。

あのふたりさ——

「そっくりよね」

「似ても似つかないと思いますけど」

「子供にはわかんないのかもしれないわねえ。師匠なら、嫌んなっちゃうくらいお見通しよね。マジシャンだし」

いきなり振られた師匠が「まあ、なんとなく」と答える。

シャネルがむふふと笑いをかみ殺したあと、いたずらっぽい口調で言った。

「ひとみさぁ、師匠のこと娘のひとみに言いづらいだろうねえ」

師匠がどうしたのか、と問うた。シャネルのおしゃべりにスイッチを入れてしまった。

「だいたい、ひとみが自分からマジックを入れたステージをやるなんて言い出すわけないのよ。年増ストリッパーのくせにプライドだけは高いんだから。毎回客のところに行ってチップもらって脚を広げてるの見てて切なくなっちゃったんでしょ。マジックのひとつも覚えれば、ステージが映えると思ったのよ、ね、師匠」

「はあ」

「急にきれいになっちゃって、あたしもやきもち焼いたくらいよ。師匠もちゃっかりしてるわねえ。でもさ」

今度は図々《ずうずう》しいくらいの笑い声を立てて、シャネルが「五十だって」とひきつりながら笑う。師匠が「悪くないと思うんですよ」とシャネルのおしゃべりに二つ目のスイッチを入れた。

「やったの？　やっぱり」

眠気を催す様子もなく、天井経由で師匠に詰め寄るシャネルは、返事をするまで質問し続ける。ふたりのやり取りを跳ね返している天井を、ネズミが走り抜けてゆく。

「いいわねえ、極寒のロマンス」

「ロマンスというか、なんというか」

「いいじゃないの、出会って別れる場所がこんなごちゃごちゃした真冬の港町っていうのもさ。なんか、映画みたいで夢があると思わない？」

シャネルはしきりに「ロマンス」を繰り返す。師匠はそのたびに「はあ」と応《こた》えた。章介は少しでいいから静かな時間を迎えて、眠りたい。シャネルの口を重たくする術《すべ》を考えるほど、眠気は遠のいてゆく。

「ひと冬の恋人なのよ。ひとりぼっちのふたりが真冬の仕事先であるキャバレーで知り合って、あんまり寒いから抱き合うの。フォーリンラブなのよ。先なんか誰も見えないけど、抱き合ってるときだけは温かくて、なにもかもを忘れられるの。ロマンスに理由なんか要らないのよ。だって、ロマンスなんだから」

師匠が気の遠くなるほど長い「はあ」を返して、章介はやっと眠りに落ちた。

翌朝、シャネルがストーブの上で二枚ずつ焼いたトーストにバターを塗っていると、ひとみがやってきた。

「ええ匂いするな」

最近、ラジオをつけていなかった。絶えず誰かが喋《しゃべ》っているので、必要がないのだった。素顔のひとみは、よく見ると若いひとみに似ていなくもなかった。目元や、鼻筋や薄い唇だろうか。冷たく見えがちな目元が、師匠に向けられるときだけほんの少し和らぐことにも気づいた。シャネルに言わせると「鈍い」のだが、なんとなくふたりの関係をそっとしておきたい気もするのだった。願わくは、街を出た母もどこかでいい男に巡り会っていてくれたら。それが章二に対する自分たちなりの供養だろう。

「お嬢は?」シャネルが問うと、ひとみが素っ気なく「帰った」と言った。

「あら、今日と明日のステージ、若いひとみのダンスが見られるかと思って楽しみにしていたのに」

「あいつはもう廃業や。二度とストリッパーには戻らへん。この仕事、いっぺん躊躇《ちゅうちょ》したらあかんねん。男に迷うたら遠慮が出る。だからうちらの男はみんなヒモなんや。今回のステージをもって、フラワーひとみは初代も二代目も完全廃業や。年明けは、ぱっと祝ってお別れやな」

鳩の様子をみていた師匠の背中がほんの少し小さくなった。

今日と明日で、今年の仕事が終わる。松の内を過ぎたら、離ればなれだ。頭では理解しているのだが、現実としてうまく受け入れることが出来なかった。

ボン——ひとみがくわえ煙草で章介を指さした。はい。

「今日のライト、よろしく頼むで。フラワーひとみの最高のステージや。迷っとるヤツに一生かかってもできへんステージを演《や》ったる」

シャネルがひとみにトーストを渡した。受け取った角食パンに見事な歯形がついた。変わらぬ朝だった。

大晦日前日の「パラダイス」には既に年の暮れを飛び越えて新しい年の穏やかな気配が漂い始めていた。残すところは整髪だけとなったサラリーマンや、家族と過ごす前のほんの息抜きにという男たちがゆらゆらと訪れる。団体客の時期は過ぎ、今日は年内の営業最終日。年の暮れを女の太ももと面白おかしい話で締めくくろうという一日だ。

照明係とナンバーワンの出奔で始まった師走も、もう少しで終わる。

テーブルから椅子を下ろして並べていた章介のところへ木崎がやってきて囁いた。

「最近どうなの」

「どうなのって、何がですか」

木崎が右手の小指をすっと立てる。

「あの三人が来てから付き合いが悪いんだって、女の子たちが嘆いてたよ」

「お店のお姉さんに手を出すのは御法度って、木崎さん言ってたじゃないですか」

そんな決まりはあってないようなものだが、建前として、なくても困るのだ。決まりがあってもなくても、男と女はいつも付いたり離れたりを繰り返す。

「お姉さんたちに、ずいぶん良くしてもらってるのは知ってる。彼女たちにとって名倉くんは、数少ないオアシスだからね」

耳に入らないふりをして椅子を下ろし続けた。木崎が一緒に椅子を下ろしながらぽつぽつと続ける。

「今日で由美子さんがお店を辞めるんだ。聞いてるかい」

手を止めて首を横に振った。由美子は三十からひとつも年を取らないことに決めた「パラダイス」の古参だ。勤めてから今年で十六年と聞いた。

「赤ちょうちん横町のほうに、お店を持つそうだよ。その気になればいくらでもパトロンがいたろうにさ、自分で貯めたお金で始めるんだって。僕、この仕事けっこう長いけど、そういう人はほとんど居なかったたな」

「そうですか」

木崎は、由美子が章介の初めての女だと知っているような素振りである。初めてというだけで、なんの感慨もなかったし、引きずるような心も持ち合わせてはいなかった。

赤ちょうちん横町は、繁華街の外れ近くにある小路だ。客層も「パラダイス」とはまったく違う。由美子は毎日しっかり髪を結い上げ、自分はきゅっと締まった腰回りが自慢だから衣装には手を抜かないと言っていた。

誰より華やかなのに、自分はナンバーワンになる女ではないと言い切ったときの潔さを思い出す。ナンバーワンというのは由美子のようなホステスの横で、笑顔と相づちだけで金を稼げる女のことを言うのだと教わった。そのとおりだった。

その由美子が横町で、千円札一枚でベロベロになるようなお店を開くという。最後に肌を重ねてから、何か月経っているだろう。

「名倉くんさ、お店が上がったら、ちょっと由美子さんを激励してあげてくれないかな」

「俺で、激励になりますかね」

「君じゃないと、駄目だと思うよ」

木崎の言葉の意味が飲み込めないまま、拒絶する理由もなく、頷いていた。去りがけに木崎が言った。

「ここで働いてて、いちばんいい思い出だったんだって。僕がそんな感傷的な質問をしちゃったせいだったろうけどさ。誰にも言わないで辞めるって言うから気になって。『パラダイス』で、いい思い出はありましたかって訊いちゃったんだ」

由美子は少し考える表情をしたあと、笑顔で章介の名前を出したのだという。

――なんか、いっとき輝いてたのよねえ、このあたしが。あれは良かったなあ。

由美子の過去にどんな物語があるのかは知らない。自分の「初めて」にどんな価値があったのかもわからない。ただ、いっとき輝いていたと言われて、胸の奥がじくじくしてくる。

「わかりました。お店がはねたら、ご飯に誘ってみます」

木崎は素直に喜び「じゃあそう言っておくよ」と言って事務室へと戻った。

煙草とアルコール、香水や乾き物のにおいが染みたフロアは、今日の営業を終えると年末年始の休みに入る。去年は明け方まで大掃除をしていたが、気づけばその役どころも新しい下働きに取って代わられた。

師匠が滑り、シャネルが歌い、ひとみが踊り「パラダイス」の一年が終わった。

「すみません、今日ちょっと寄るところがあるんで。先に休んでてください」

帰り支度の師匠にそう告げると、横からシャネルが割り込んでくる。

「なに、デート？　あたし以外とデートなの？」

「違いますって」

章介の隠し事など端《はな》から通用するわけもない相手なのだった。三人は、ひとみの「ほなうちらは旨《うま》いもん食べて帰ろか」のひと声で店を出て行った。四日間の休みをどう使うかを話そうと言っていたのは、昼間のことだった。

章介が誘ったのは、繁華街の外れにあるちいさなバーだった。十二時を過ぎて看板の明かりを消しても、店主が朝まで客を待っている、店名「ＯＩＤＥ」。章介がドアベルを鳴らして入ってゆく。由美子は奥の席で夜食セットに手を付けるところだった。

店で何度も顔を合わせていたはずの由美子と、久しぶりの顔で会う。木崎のお膳立《ぜんだ》てで、女が新しい生活を迎えることを祝うのだった。あご鬚《ひげ》の手入れを怠らないマスターが夜食セットの飲み物を訊ねる。ビールと返した。

「章ちゃん、照明係も板についてきたねえ。あの三人、面白かったな。最初はどうなるんだろうと思ったけど、毎回仕事を忘れて笑っちゃう」

出てきたビールで、乾杯をした。章介の口から、するりと言葉がこぼれ落ちる。

「独立、おめでとうございます」

化粧の浮いた疲れた表情を、ぎりぎりで引き留める真っ赤な唇が「サンキュー」のかたちに開いた。

「誘ってくれてありがとう。いい最終日になった。仲の良かったねえさんたちにご挨拶したほかは、木崎さんに言っただけ。章ちゃんに伝えてもいいかなって訊かれて、うんって答えたの。ちょっと期待してた。疲れてるところ、悪かったね」

いやべつに――章介はそのひとことを漏らした自分に失望した。何よりもここで、由美子の門出を喜び、祝ってやらねば女の立つ瀬がないと分かっているのに、彼女を喜ばせるうまい言葉が見つからない。カウンターの向こうから、マスターが夜食セットを差し出した。胡麻和《ごまあ》え、卵焼き、おひたし、洋風粥《がゆ》。仕事帰りに腹になにか入れたいときはここがいいと教えてくれたのが由美子だった。

何度かご飯を食べさせてもらっているうちに、肌を重ねるようになった。由美子が暮らすのは、駅裏のアパートだ。風呂《ふろ》には花の匂いがするシャンプーとリンスが置いてあって、由美子の部屋に泊まった日はその匂いを店の誰かに気づかれないかと気になったものだ。年のことで泣かれて、それきりになった日を思い出す。夏の雨が冷たい日だった。

「春になったら、横町でちっちゃい店を出すの。三か月かけて、準備はぜんぶ自分でやるつもり。金槌《かなづち》なんて持ったこともないのにね。すごく楽しみなんだ。気が向いたら来てね」

マスターが由美子のグラスを白ワインに替えた。

「お店じゃ、ずっと水割りかジュースでしょ。もう、ウイスキーの匂いを嗅《か》ぐのも嫌になっちゃうことがあるんだよ」

「横町で、どんなお店を出すんですか」

他人行儀な訊ねかたになった。由美子の目尻に嬉しそうな皺が寄る。もう、年齢もこの店を出た後のことも、ましてや章介とこうして肩が触れそうな場所に座っていることも、気後れもかなしみもなにもかも、手放した笑顔に見えた。

どんなお店ねえ——白ワインをひとくち飲んで、尖《とが》った顎を少し持ち上げる。こうして見ると、ずいぶんと整った顔立ちなのだった。今夜までそんな風に思ったこともなかったのに——おかしい。今夜の由美子から漂ってくる柔らかな気配は、照明係と出奔したナンバーワンホステスのそれに似ていた。

今夜このまま帰すのが惜しくなっている。どうして今日まで放っておいたのか。そう思うと、もう腹の下あたりがうずうずしてくるので困った。

あ――由美子がにんまりと唇の端を持ち上げた。

「いま、わたしのことちょっともったいなかったって、思ったね」

言葉に詰まって、結局「はい」と返した。ワイングラスが一気にあいた。章介も仕方なさを片手に、マスターに熱燗を頼んだ。

若いくせに、と言いかけた由美子の顔から、ほんの一瞬笑みが消えた。

今夜はもう酔って酔って酔いつぶれたほうがいいのだろう。早く役立たずになれ、と臍《へそ》の下を叱る。いさめるほどに、隣から漂う由美子の香りが気になった。淡い体臭と混じり合って、章介を引き寄せようとする。

泣きたい気分で、ぐい飲みに注がれた燗酒を一気に流し込んだ。フロアに響く歌謡曲で何度も聞いた、これが「未練」なのか、それとも恋心から巣立ってしまう女への「心残り」なのか、それともただの欲望か。ふと、どこかで楽しげに夜食を食べている師匠とシャネルとひとみのことが頭を過《よ》ぎった。あの三人に、思い切り笑われたい。お前は馬鹿だと言われたかった。人の心はどこまでも自分に都合良いものらしい。

「いつか自分のお店を持ちたいって思ってたから、調理師の免許取って、ちょっとした洋食と和食の定番くらいはなんとかなるの。ハンバーグなんかも上手いんだよ」

酒を出すお店ではないのかと訊ねると「ふふっ」と素直な笑いのあと、頷いた。

「お酒ももちろん出すんだけどね、お好み焼きのお店なんだ。小麦粉を溶いてそこにキャベツの千切りいれて、魚介や肉をまぜて、焼いて、ソースとマヨネーズかけて食べるの。わたし、春からお好み焼き屋の女将《おかみ》になるんだよ」

魚介の街なんだから、刺身と焼き魚だけじゃもったいないだろうという。

「なんで、お好み焼きなんですか」

由美子はちょっと視線を上に向けて答えを探すそぶりのあと、すっきりとした瞳《ひとみ》で「何でも入ってるから」と言った。

「なにをどう入れても美味しいに決まってるのが嬉しいじゃない。そういう確かなものって、今までなかったからさ」

そう言われてしまうともう、章介から言えることはなにひとつなかった。マスターが熱燗をもう一本とグラスワインを届けて、向こう端の客の前へと移動する。店にはジャズサックスが流れている。

「あの三人と、一緒に暮らしてるんだってね。木崎さんに聞いた」

「暮らしてるっていうか、会社の寮だから」

「とても気持ちのいい人たちだなって思った。同じテーブルに着いたことがあってね。ひとみさんもシャネルも、ものすごく苦労人なんだなあって思ったよ。人より一歩前に出るような仕事ってのはわりと早くに覚えるんだけどね、ドレスと化粧で武装してると、一歩退《ひ》くのって難しいんだ。あの人たち、あっさりとそれをするの。あ、いろいろやってきた人なんだなあって思ったこと何度もあった」

フロアの女たちには彼らの来し方がわかるものなのだと知って、身内でもないのに照れた。向こう端の客と入れ替わりに、男女の二人連れが入ってくる。マスターを呼んで、由美子が財布を出す。申しわけ程度に、尻のポケットにある財布に手を伸ばした。半年前は財布も持たずに飯を食った。

「割り勘にしよっか」

由美子がいたずらっぽく言ったあと「冗談だよ」と笑った。泣いているように見えたのは、酒のせいで目元がうっすら赤いせいだ。

大通りに出てしまうと、駅と橋への分かれ道となった。人通りのない真夜中の百貨店前、不意に由美子の体が章介の胸にぶつかってきた。無意識に両手が女の背に回った。体の内側に炎が灯《とも》る。髪の毛から煙草と香水と由美子の匂いがする。行くも戻るもきかない若い体を持て余しながら、けれどそれがとても不誠実なことに思えて、両腕に力を込めることが出来なかった。

自分は、この女を好きなわけではない――

また傷つけて終わるか、その逆しか用意されていない。章介の胸に渦を描くあれこれが想像できたのか、由美子が腕の中でおどけ半分で「あったけぇのう」とつぶやいた。

男の腕からするりと抜けるのが、彼女たちの熟練の技だと知っている。その鮮やかさに驚いている間に、由美子は駅に向かって歩き出しており、もう振り向く気配すらなかった。欲望もほどよく縮んで、女の体温を遠くで惜しんでいた。

あと一日で一年が終わる。始まった気もしない一年が明日で終わるのだった。嬉しくもかなしくも、愛《いと》しくもない一年を振り返る。振り向かない女と、振り向くこともできない自分と、振り返っても何もない一年が寒風にさらされていた。

耳を切ってゆく風に、顔も首もほとんどの皮膚が麻痺《まひ》していた。口を開けば内臓も凍《い》てつきそうだ。

自分の住処《すみか》へと戻っているはずなのに、そこがどこなのかよく分からなくなっている。いったいこのやりきれない気分はなんだろうと思ったところで、歩道の縁石に躓《つまず》いた。体が一瞬浮き上がり、派手に飛んで凍りついたアスファルトを滑った。衝撃はあったが、痛みを感じるまでに少しかかった。立ち上がろうとしても膝が痛くて力が入らない。

唸りながらうずくまっていると、目の前に流しのタクシーが止まった。助手席側の窓が開いて、人の好さそうな丸顔の運転手が声をかけてきた。

「にいちゃん、だいじょうぶか。年の暮れに気が抜けて飲み過ぎたんじゃねえのか。こんなとこで寝転がってたら、ものの三十分で死ぬぞ」

ものの三十分で死ぬぞ、という言葉がおかしくて笑った。章介は風に紛れて自分の笑い声を聞いた。

「なんだ、やっぱり酔っ払いか」

「ここでけっつまずいて、転んだんです。膝を打っちゃったらしくて」

運転手が「どれどれ」と言いながら車から降りてきた。街灯の下で、遠慮のない仕草で章介の脚を持ち上げた。軽い悲鳴を上げた章介に、運転手が「折れてはいない」と言った。

「けど、歩いて帰るのは無理だな。送ってやるから、住所を言いな」

寒さで顎を震わせながら、橋を渡った向こう側の町名と番地を告げた。

「なんだ、すぐそこだ。よし」

肩を貸してもらいながら後部座席に乗り込むと、二分で寮の前に着いた。車代は要らない、歩けるかと問われ、礼を言って降りた。血でも出ているのかジーンズの内側が冷たく濡れている。章介が右足を引きずりながらでも歩き出したのを見て、タクシーが走り去った。

部屋に戻ると、三人がストーブの前で酒盛りをしている最中だった。

「なんだよ、今日もここですか」

シャネルが真っ先に「ボン、どうしたの」と駆け寄ってくる。急速に温まってゆく皮膚は、同時にあちこち痛めた場所を告げる。

「転んじゃって」

痛む場所をひとつひとつシャネルに告げているあいだに、穴があいた血だらけのジーンズを脱がされた。師匠とひとみがふたりで、タオルにお湯をかけて絞り、シャネルに渡す。

「ボン、可哀《かわい》そうに。女には振られ、転んでこんなんなっちゃって。散々ねえ」

「振られてないですよ」

「じゃあどうしてこんなに早く帰ってくるのよ」

膝は五センチ角の傷となっており、めくれた皮が少しばかりずれていた。三人分のため息を聞きながら、威勢のいいことも言えずに顔をしかめる。傷口の手当てはシャネルの担当になった。一度部屋に戻ったシャネルが持ってきたのは、オキシドールとガーゼと脱脂綿だった。

「こういうの、大好きなの」

消毒と称してオキシドールを染みこませた脱脂綿を傷口にあてる。悲鳴を上げると、ひとみが手をたたいて喜んだ。

「ええなあ、痛い痒《かゆ》いは生きてる証拠や。ありがたいなあ、ボン、お前まだ生きとるで」

手当ての仕上げに、シャネルは章介の下着の前を撫《な》でながら「こっちはいいのかしら」とウインクする。

「けっこうです」

ひとみの笑い声が響く部屋で、なにやら幼い頃に過ごしたアパートの数少ない親子らしいひとときを思い出した。

第四章

大晦日《おおみそか》――シャネルに連れられて行った当番病院で、章介は膝《ひざ》を縫うことになった。

「いま、ずれた皮膚を元の場所に戻しております」

ひと針ずつ縫われてゆく様子を実況中継するシャネルに、若い医者は笑いながら「ちょっと黙って」とたしなめる。

「失礼しました、仕事柄つい」

「どんなお仕事ですか」

「アナウンサーです」

女装のアナウンサーなど聞いたこともない。なるほどと適当に頷《うなず》いた医者に胸の裡《うち》で舌打ちしながら、章介はなおも自分の膝から目をそらす。縫った方が治りが早いから、という医者の専門が内科であることも、縫い始めてから知った。

――久しぶりだなあ、実習以来だ。俺、呼吸器専門だから。

――いやあ、たまにこういうのもいい刺激になるねえ。俺才能あるかも。やっぱり外科を選択すればよかったかなあ。

看護婦が不安げな表情で横から、某《なにがし》先生を呼びましょうか、と声を掛けるも「大丈夫だよ、消毒さえすれば」とあっさり返した。

当番病院は内科も外科も引き受けているが、ひとりで対応しているらしい。看護婦がひとり「先生、急患です」と処置室に入ってきた。

なんの急患？　三歳児、二階の窓から落ちたそうです。生きてるの？　喋《しゃべ》ってます。

つい「ほほほほ」と高い声で笑ったシャネルに、視線が集まる。

「じゃあこの辺でやめとこう」

二十針の予定を十九針で終えて、医者が「化膿《かのう》止め出しておくね」と言って処置室を出て行った。

包帯を巻く看護婦の横に立ち、シャネルが急患について根掘り葉掘り訊《たず》ねた。二階の窓掃除をしていた親の横で椅子をトランポリン代わりにして飛び跳ねていた女の子が、ぽーんとそのまま外に飛び出したらしい。

「植え込みの枯れ芝に着地したんですって。猫みたいね。無傷でしっかりお話もするけれど、まっすぐ歩けないの」

たぶん脳しんとうだと思うけれど、と言う。章介は少し騒がしい気配のする診察室を窺《うかが》いながら、その子はどうなるんですかと訊ねた。

「ただの脳しんとうだって分かれば、様子をみて帰宅。異常があれば入院して詳しい検査。この膝みたいに見てわかる傷は、痛いことも痛いだろうけど、衛生に気をつけていれば必ず治るから大丈夫」

待合室で会計を済ませたシャネルが、ベンチに座る章介のところに戻ってきた。手には化膿止めの入った薬袋を持っている。

「食後にですって。どこかでご飯食べて、新しいジーンズ買いましょう」

頷くしかなかった。穿《は》いたきり着たきりだったジーンズには穴が空いており血だらけだ。今朝、師匠が脚を入れかけたジャージを穿いて出てきたのだった。それにさ、とシャネルが声を落とした。

「あんまり早く帰ったら、あのふたりに悪いじゃない」

師匠とひとみのあいだには、章介から見てもなにやら煮え切らぬあやふやな気配が漂っている。ひとみが師匠を好いているのは伝わり来るのだが、師匠がなんともはっきりしない。わずかでも気のない相手にマジック指導などするわけもないのに、それもなにやらこちらの思い込みではないかと思えてくる。

どこに行けば好みのジーンズがあるかと問われ、そんなことを気にしたこともなかったと答えた。

「あんなにボロボロになるくらい穿いてたんだから、同じの買いましょうよ」

シャネルの提案で、駅裏のジーンズショップへ行くことになった。開いていればいいが、師《し》走《わす》の最後の日は諦《あきら》めと期待に両腕を引っ張られるような心もちだ。

普段ならば五分で行ける距離だが、左脚が曲がりきらず多少引きずるので、倍の時間をかけ歩く。駅へ入り、線路下の地下道へ降りた。

「寒いわねえ、ここは。北海道だっていうのに、たいした雪も降らない。景色もなんだかニースみたいよ」

「ニースってどこですか」

「フランスよ」

「フランスにも営業に行ったんですか」

「馬鹿ね、映画で観《み》たのよ」

シャネルが買ってくれた上着のなかはひとみにもらったトレーナーで、腰から下は中学のときのジャージだ。こんなに風通しがよく寒いものだとは気づかないまま、夏も冬も同じ恰好《かっこう》で歩いていた。

地下道を往来する人の手には、紙袋やら風呂敷《ふろしき》包みがあった。温かそうな帽子や毛糸の手袋、新しい長靴、ブーツ。どこかで母とすれ違うのではないかと、道行くひとの中に似たような背恰好を探してしまう。会ったところで話すこともないし、お互い気まずいだけなのに不思議なことだった。

駅裏の商店街にある間口の狭いジーンズショップでは、初老の店主が入口のガラス磨きをしているところだった。木札は「ＯＰＥＮ」となっている。ジーパンを買いたいのだが、と言うと愛想良く頷いた。

「今年最後のお客さんかな。午後からは店を閉めて年取りの買い物に出ようかと思ってたんですよ」

「あら、それはラッキーだったわ」

シャネルの姿に最初は二度見をした店主だったが、すぐに笑い皺《じわ》を深くした。店内がウナギの寝床のようなのはなにも変わっていなかった。壁はサイズ別のジーンズで埋め尽くされており、真新しい生地のにおいがする。店の奥には古い型のミシンがあった。

中学を出て働き始めたころに母が買ってくれたジーンズをこの年まで穿き続けていたことに、いささかの感傷もなかった。章介が感じているのは、自分のあまりにも無精な日常だ。それもシャネルとふたりでいると、無理やり感傷的なところに着地しなくてはいけない気分になるからおかしい。

おふたりともジーンズをお探しですかと問われ、シャネルが「この子のやつを」と背中を叩《たた》く。承知しました――店主が手を伸ばして棚から四本取り出した。

「見たところ以前とそんなに体型はお変わりないようですね。身長が少し伸びましたか。試着いたしましょうね」

五年も前に母親と来たきりの章介を覚えていることが信じられず訊ねてみる。

「ええ、お母様とご一緒でしたね。就職のお祝いだったと記憶しておりますよ」

縫った膝がしくしくと痛み始めた。記憶が自分ひとりのものではないことを、こんなかたちで知るとは思わなかった。

「就職のお祝いに、新しいジーンズをということでした。背広を着るお仕事ではないので、普段着にとびきりおしゃれなリーバイスのジーンズをと仰《おつしや》っていましたね」

「昨日まで穿いてたんですけど、転んで穴が空いてしまって」

店主は一本一本章介の体にあてながら、色味と太さを確かめる。

「普段着かつ作業着ですからね。古いジーンズも、穴が空いていくらかでもあなたの体を守れて本望だったと思いますよ」

いいお店ね、とシャネルが鼻をすすった。

「ああ、これかな」

試着してみて欲しいと言われ、肩幅にちょっと足したくらいの狭い試着室で、まだごわごわと板のように硬いストレートジーンズに脚を通した。腰回りも過不足なく、穿いていればいずれ体のかたちどおりにくたくたになる場面を想像できるジーンズだった。

「どうですか」

カーテンを開けるとシャネルが「殿中松《でんちゆうまつ》の廊下ね」と笑う。つま先からまだ向こうへとのびた裾《すそ》は、まるで侍の長袴《ながばかま》であるという。店主は「ぴったりですね」と言って裾をめくり、長さを整え安全ピンを留めた。

「ボンにも衣装ねえ。脚が長く見えるわ、いいわよとても」

「これはわたしもいちばんにおすすめしたいモデルでした。お似合いです」

「洗い替えを持ってないのよ、同じのをもう一本お願い」

「かしこまりました」

店主がシャネルについてなにも言わず、表情を変えることもないのが嬉《うれ》しかった。二本のジーンズの裾上げが終わるまでの十分ほどで、シャネルとふたり店主に勧められた丸椅子に腰掛けた。裾を切ってミシンをかけるたった十分のあいだに、店主はシャネルから「パラダイス」で歌っていることや、昔出したレコードのタイトルや、次の営業先が旭川であることも聞き出した。半月以上も同じ屋根の下にいる章介は、三人のこれからのことを何も知らない。これが袖《そで》すり合う人間たちの会話かと気づき、終わりのある共同生活へのさびしさが同時に胸に流れ込んでくる。

「この寒い時期に北海道の営業というのも、大変ですねえ」

「ストーブがあればここは暖かいわ。中途半端に南の土地だと、暖を取るものもないから、あんがい寝ても起きても寒いのよ」

「なるほどねえ」

ふたりのやり取りはまるでよく知った仲のようにするすると流れてゆく。大人がお互いを気遣いながらする会話は品良く響いた。

裾上げが終わり、糸の始末をしながら店主が「穿いて行かれますか」と訊ねた。章介が返事をする前にシャネルが「はい」と答える。再び試着室に入りジャージを脱いでジーンズに脚を通した。膝が窮屈になることもなく、新しいジーンズは章介の毎日にまたぴったりと寄り添ってくれそうだ。穿き替えているあいだに、支払いが済んでいた。

店主が先に「よいお年を」と微笑《ほほえ》んだ。ジーンズとジャージの入った紙袋を受け取り、こちらも同じ言葉を返す。外に出ると、駅裏商店街を行き交う人の数が更に増えていた。もう、待ったなしの年の暮れ。あとは家で年取りの準備である。

「歩ける?」

「ええまあ、ちょっと曲げづらいですけど」

じゃあ、と言ってシャネルがつま先を逆方向に向けた。線路と平行に延びた駅裏通りでタクシーを止めて百貨店の名を告げる。

「ご飯を食べてから、地下で今夜のごちそうを買って帰りましょう」

麻酔が切れかけて少し痛み始めた膝をかばいながら、ジーンズの礼を言う。いいのよ、と素っ気なく返すシャネルが照れているのだと気づき、もう一度「ありがとうございます」と言った。

駅前をゆくタクシーの窓に、道を急ぐ人の外套《がいとう》が行き過ぎる。寒いと思う暇もない大晦日の午後だった。運転手が、この冬は雪が少ないようだと話している。

ボン、と呼ばれ横を見ると、シャネルが深刻そうな顔をしていた。

「なに食べたい?」

「腹は減ってますけど、なんでもいいです。シャネルさんの食べたいものに付き合います」

「そう。あんた相変わらず、ありがたいんだかつまんないんだか分かんない男ねえ」

「いつもこうなんですけど。つまんないですかやっぱり」

「あらいやだ、心あたりあるわけ、やっぱりって」

「よく言われるんです」

女にか、と問われ頷いた。

「つまんないわねえ、なんでもいいって言う男は。女は多少わがまま言ってくれるくらいの男が好きなのよ。自分に甘えてくれてると勘違いできるじゃない。そうやってババを引く女を何人も見てきたわねえ」

「じゃあ、なんでもいいっていう男のほうがいいってことになりませんか」

「だから、つまんないのよ。俺はこれがいい、こっちじゃなきゃ嫌だ、って言ってる男がたまぁにお前はどうなんだって訊《き》いてくれるのがいいんじゃないの。ババにはババの驚きと華やかさがあるのよ。五十三枚のうちの一枚よ。これが入っていない人生って、女にとっては味気ないものなの」

「そんなこと――」

脳裏に木崎の顔が浮かぶ。木崎なら、そのあたりを上手《うま》く使い分けることが出来そうだ。

「そんな器用にはいかないですよ。どっちでもいいってのが本当なんだから」

シャネルが一拍置いて「ボンはダイヤのジャックだけど、師匠はババかもしれないわねえ」と言った。タクシーが百貨店の入口に車を着けた。

「さあ、上に行ってご飯食べましょう」

この街に来てからの出勤前、三日にあげずデパート巡りをしているシャネルは、すっかり売り場を覚えたらしい。すいすいと最上階の食堂へ向かう背中は頼もしいほどに広かった。

買い出しにやってきた客がおおかたの席を埋めているなか、窓辺のテーブルがひとつ空いた。シャネルがいち早く座り、章介を手招きした。ウエイトレスが持ってきた水のグラスを一気に傾ける。いったん立ち去ろうとしたウエイトレスを呼び止めた。

「オムライスふたつ、プリンふたつ、ビール一本」

聞いただけで胸焼けしそうだが、素直に頷いた。今日はシャネルに頭が上がらぬ日だ。今までもこれからもそうだろうと章介は窓の外を見る。冬場は閉めている屋上の遊び場で、十円で揺れ出す象の遊具がつまらなそうに長い鼻をのばしていた。

店に出るときより薄いとはいえ、化粧をしてワンピースを着たシャネルは、声を出すとすぐに視線を集める。オーダーを取ったウエイトレスが去っても、ふたりは周囲の視線を集め続けた。

けれど章介にとってはなぜか、いまは他人の視線を気にするより、普段どおりに話をするほうが大切な気がするのだ。決して慣れたわけではないけれど、こちらに向けられた視線のどれだけが自分たちのことを知っているのかを考えれば、別段卑屈になる必要もないのだった。

大瓶の大半をシャネルが飲み、オムライスが届くころには二本目を注文していた。女たちが多い職場にいるので普段はまったく気にならない話し声のはずが、昼間の食堂で耳に入ってくるそれは、なにやら耳の鼓膜が嫌がってでもいるように気になった。

声の高さか――オムライスを口に運びながら、気になる理由を探す。シャネルが「女ってうるさいわ」とぼやいた。同じことを考えていたらしい。

「店にいるときとはちょっと違いますよね。声のトーンかな」

「違うわ。内容が明るくないのよ。耳をかっぽじってよく聞いてごらん。熱心にひとの話を聞いているようで、結局自分の話しかしてないから」

なるほどと縫ったばかりの膝を叩きそうになった。客の話を聞くことが仕事になっている女たちの会話は、嘘《うそ》か実《まこと》かわからないけれどどこか突き抜けた明るさがあった。昼間の百貨店で今年最後の外食を楽しむ女たちは、品の良さを装い相づちを打つふりをしながらも、苦労話に自慢をまぶしてなにやら面倒そうだ。

「よく内容まで耳に入ってきますね」

多少持ち上げたつもりが「あたしは歌手だから、人の声とか音には敏感なの」と大真面目なひと言が返ってくる。

「だから面倒なことも多いのよ。別に聞くつもりもなく聞こえてくる話に参っちゃうこともあるのよね」

章介は「へぇ」と口元のケチャップを紙ナプキンで拭《ふ》き取った。女の声にときどき子供のそれが飛び交い、食堂の喧噪《けんそう》が膨れたり縮んだりを繰り返す。

「あたしたちが来たときに駆け落ちしたホステスと照明がいたじゃない。そのふたりがどうなったか、知ってる？」

シャネルの話によれば、ナンバーワンホステスの夫がどうにか居所を突き止めたという。札幌へ行きススキノでその日暮らしをしているふたりのところへ乗り込んだところ、男は既に雲隠れしたあとだった。

「女のほうは夫に襟首を摑《つか》まれるようにして釧路に戻ったらしいんだけど、すぐに薬を飲んで自殺を図ったそうよ」

「生きてるんですか」

「あたしが知ってるのはそこまで。人間明日どうなるかなんてさっぱりわかんない。せめて美味《おい》しいものをたくさん食べて、楽しんで暮らしたいわ」

ホステスたちがそのいきさつを知っているのだとしたら、昨日の由美子の言葉や仕草にもひとつ落としどころがあったのだ。男になど期待してはいけない。充分に理解していることを確かめるための夜食セットだった。

今晩なにを食べましょうかね。話題を変えないとやりきれない。シャネルは「鍋《なべ》」と即答した。

「肉も野菜もうどんもつみれも、どっさり入れて鍋にしましょう。寝転がったら起き上がれないくらい、具材を入れてさ。お酒も美味しいやつを買って行くわ。いつもの安酒じゃなく、年越しはやっぱり純米のいい酒で過ごしましょうよ」

百貨店をひとめぐりしながら地下へ行きたいが、脚は大丈夫かと問われ、頷いた。攣《つ》ったような感覚と多少の痛みはあるけれど、無理をしない限り傷口が開く心配もないだろう。新しいジーンズはまだ体に馴染《なじ》まないままごわごわとしている。少し穿きやすくなるころ、既に三人は街を出ているのだろう。

章介の胸に急に寒い風が吹き込んでくる。なぜかと問うのだが、うまい答えはない。

エスカレーターで階下へ降りながら、ふんふんと鼻歌を歌うシャネルのあとをついてゆく。女物男物を問わず、フロアをぐるりと眺めては鼻歌に強弱がつく。ウインドウショッピングをするシャネルの歩調はゆっくりで、膝をかばいながらの章介にはちょうど良かった。

紳士服のコーナーで、色黒のマネキンが白いセーターと紺色のズボン姿でポーズを取っていた。シャネルがマネキンの前に立ち、セーターの手触りを確かめている。章介は近くの壁に寄りかかりながらその様子を見ていた。

不意にシャネルが振り向いた。章介と目が合いニヤリと口元を引き上げる。

「これ、ボンに似合いそう」

「いいですよ、ジーパンも買ってもらったし」

「下は下、上は上よ」

結局マネキンが着ているセーターを脱がせたシャネルは、つるりとしたマネキンの胸板をひと撫《な》でして、好みじゃないわと言って章介を笑わせた。そして、色違いで芥子《からし》色を選んで購入した。

「こっちは師匠に。あのひと、放っておくとボンのジャージばかりじゃない。いっそそのジャージをあげちゃったほうがいいんじゃないのかしらね」

それならばなにか師匠の穿くものを買ってあげてくれと言う章介に、シャネルは真顔で「いやよ」と返した。好きでもない男の下半身になにかを買ってあげる気など起きないという。そこはひとみがなんとかすればいい、と言い捨てながらしかし、セーターを買うことについてはなんの矛盾もないらしい。

階下へと移動しながら、なにがそんなに楽しいのかシャネルの鼻歌が止まらない。ときどき、店で歌っている曲も交じるのでついついつられて章介の鼻もふんふんと鳴り出す始末だった。

考え得る限りの鍋の具材、みかんやパン、握り飯や漬物、そして酒を買い込んだ。三日三晩飲んだくれながら暮らせそうなほどの食材を両手に提げたシャネルと、タクシーで寮に戻る。荷物のバランスを取るのに、ヒールのかかとをぐらぐらさせながら、それでもまだシャネルは「帰るの早すぎないかしら」と、師匠とひとみのことを案じるのだった。

建て付けの悪い引き戸の前で仁王立ちしているシャネルの後ろで、氷点下の風に吹かれているとそのまま固まってしまいそうだ。

「どうしたんですか、寒いんですけど。早く開けてくださいよ」

シャネルが「シッ」と歯の間を鳴らし、潜めた声で「やばくないかしら」とつぶやいた。つられて章介も小声になる。

「なにがですか」

「ふたりの邪魔をしちゃ悪いじゃないの」

「玄関に荷物を置いて、大声で喋ったり便所に入ったりしていれば、服を着る時間くらいなんとかなると思います」

両手が塞《ふさ》がっているシャネルは「なるほど」と言って引き戸の枠にヒールのつま先を引っかける。横にずらしたり押したりしながら、ようやく荷物を入れるだけの幅を開き、そこに体をねじ込ませた。

「寒い寒い、寒いわあ。寒くて寒くて死んじゃいそう。ボン、なにやってるのよ、早くしなさい、凍えて死んだって助けてあげないわよ。ほら、今日は大事な大晦日。一年の締めくくりの一日なのよ。怪我なんかしてる場合じゃないの。早くいらっしゃい」

三和土《たたき》で大声を出すシャネルの後ろで、棒読み同然の気遣いを聞いた。中のふたりがなにをしているかより、両手に持った荷物が重い。早く早くとせき立てるシャネルも、両手に荷物を提げたままだ。仕方なく、いかにも遅れてやってきた風を装った。

「すみません、膝が痛くて。いや、寒いですねえ。ションベンちびりそうです」

玄関先の小芝居が終わり、シャネルが上がりかまちに荷物を下ろした。振り向き、章介の手にあったものも受け取り、わざととしか思えない音をたてて置いた。

「ちびる前に便所に行きなさい」

もう、手も耳も頬《ほお》もかじかんで上手く動かない。意識すれば、本当に小便が漏れそうだ。いつものつもりで靴を脱ぎ捨てたところで、膝に突っ張りと痛みが走る。いてぇ。思わず漏れたうなり声の、息が白い。

玄関先の騒ぎに、ひとみが出てきた。自室にいたようだ。

「なんや、騒がしいな。病院どないやったん」

「縫ったわ、十九針」

「なんやそのハンパな数」

「急患がきたんで、そこでおしまい。なんとか塞がるでしょう。血は止まってるし」

「ずいぶん買い込んできよったな」

小便を終えて廊下に出ると、くわえ煙草《たばこ》のひとみが「痛むんか」と訊ねてきた。

「まあまあです。ちょっと痛いけど、だいじょうぶ」

ひとみは「そうか」と語尾を伸ばして紙袋を持ち、珍しく章介の部屋をノックした。いつもは何も言わず入って来るのに、師匠ひとりのときはノックをすることが今日いちばんの驚きだった。

師匠も廊下に出てきた。どうやらこのふたり、それぞれの部屋で昼寝をしていたらしい。シャネルの気遣いも、章介の無理も、すべて無駄だった。

「あたしたちが年越しの準備をしに駆けずり回ってたっていうのに、ふたりとも別々に昼寝ってどういうことよ」

「一緒に昼寝のほうがおかしいやろ」

ぶつぶつ文句を垂れ流すシャネルにひとみがスカッと言い切ったところで、師匠が「ほほほ」と笑った。

「名倉くん、これだけあれば、三が日はなんとかなりますねえ」

師匠は年明けまで保《も》つよう、灯油を買っておいてくれたらしい。部屋の前に赤い二十リットルポリ容器が五つ行儀良く並んでいた。年明けから油をケチるのはいかにもさびしい。ポリ容器を両手に提げて、ガソリンスタンドまで二度往復してくれたことがありがたかった。

「師匠、ありがとうございます」

「膝、十九針と聞こえましたが。大きな傷でしたねえ」

曲げない限りはそんなに痛くもないのだと告げる。食材はシャネルとひとみがより分けていた。もう、たいがいのことがこの狭い部屋で行われるのに慣れてきた。

「鍋、ええな。どうせやったらテレビも買《こ》うてきてくれたらええのに」

「やだもう、これみんなあたしが買ったのよ。テレビはあんたが買いなさいよ」

「なんでもうすぐ出て行くとこにテレビ買わなあかんねん」

シャネルがネギを片手に「相変わらずデリカシーのない女ね」と一喝する。章介は師匠が畳んだ布団に背中をあずけて両脚を投げ出した。すぐ横に鳩《はと》の籠《かご》がある。三羽で使うには少し窮屈そうだ。鳩から見た自分たちも、この部屋で窮屈そうにドタバタと暮らしているのだろう。

自分たちの留守中、師匠とひとみがいちゃついていることを想像していたシャネルの落胆は大きかったようで、先ほどまでの気遣いも上機嫌も、拭き取ったみたいにきれいさっぱりなくなっている。

「あたしもひと眠りしようかしら。夜まではまだあるし。ちょっと疲れたわ」

食材のより分けを終えたところで、ひとみとシャネルが向かいの部屋に戻った。章介も、痛み止めと化膿止めが効いているのか体がふわふわしている。ああそういえばビールを飲んだのだったと思い出したところで、師匠が鳩の籠を開けた。

一羽ずつ肩にのせ、頭にのせ、手のひらにのせる。ストーブの前でうたた寝しそうな章介からは、一羽ずつ頭を撫でている師匠の横顔が見える。せっかく飛べる羽があるのだからと、本来ならば切るものをそのままにして育てたという。飛ぼうと思えば飛び立てる羽を持った鳥を一羽ずつ上着に仕込みながら、師匠は毎日何を考えていたんだろう。

身も蓋《ふた》もない言葉が口からこぼれ落ちる。

「師匠、ひとみさんと仲良くするの、遠慮要りませんから。俺、そういうのぜんぜん大丈夫ですから」

師匠は表情も変えずに章介を見た。柿の種そっくりの目は、今年最後の午後をゆるゆると楽しんでいるみたいだ。

「そんな大それた関係では、ありませんよ」

「こっそりマジックを教えてあげていたじゃないですか」

俺たちに隠れて、という言葉はのみこんだ。師匠は「うふふ」と言いながら何号か分からぬ鳩の頭を撫でた。一年の最後の日にこんな時間があることが不思議で、師匠の「うふふ」を真似た。

両脚を投げ出したまま目を瞑《つむ》る。膝は変わらずじくじくと湿った痛みが続いていた。昼間食べたオムライスの、ケチャップの酸っぱさが喉《のど》の奥に残っている。

母が作った、少し不恰好なオムライスを思い出す。柔らかめに炊いたご飯を炒《いた》めるので、卵の内側にあるケチャップライスはいつも団子のようだった。スプーンのかたちに削れてゆくオムライスは、父の好みでいつも甘い。甘い塊にたっぷりとかかったケチャップの赤が、目の奥で次第に大きくなった。

夢を見た。

母がすこしやつれた顔で風呂敷包みを横に置き座り込んでいた。よく見れば、そこは「パラダイス」の寮の玄関だ。便所の前の上がりかまちに腰掛けて、母が膝に肘《ひじ》をつき両手で顎《あご》を支えている。母に見えているのは玄関の戸のはずだが、不思議なことに章介が戸のあるところから母を見下ろしているのだった。

母は頬杖《ほおづえ》をついたまま、ときどき傍らの風呂敷包みを横目で見る。目の下にうっすらとくまができている。

それ、父ちゃんの骨か――

章介の声は聞こえないようだ。母はちらちらと風呂敷包みを見てはちいさなため息を吐《つ》く。こめかみにこぼれる髪には、白いものが交じっている。まだそんな年でもないだろう、何とかしろよと声をかけるも、やはり聞こえていない。

同じくらいの年代の女たちに可愛《かわい》がられた時間、ただの一度も母を不憫《ふびん》に思うことはなかった。そんな思いのひとつでも持つことが出来たなら、彼女たちをいたずらに傷つけずに済んだのかもしれない。自分が章介の母親とそう変わらぬ年齢なのだと気づいた女は、一様に残念そうな顔をした。けれど慰めるのも余計実のないことのような気がして、優しい言葉をかけたことはない。

だから由美子だって、別に泣くことはなかったんだ――

手縫いの巾着袋《きんちやく》から煙草を取り出した母が、一本くわえて火を点《つ》けた。深々と吸い込み、煙を風呂敷に吹きかける。そんなことを二度、三度繰り返し、三和土で踏んで火を消した。

煙草の煙を吸い込んだ章二の骨箱に母が手をかける。その仕草は丁寧でも投げやりでもなかった。置かねばならないところに、位置をずらした。便所の戸口の前である。そこに置けば、息子が起きてきたときに嫌でも気づくのだ。

母が便所の方を向いて両手を合わせた。気が遠くなるくらい長く、章介はふたりの別れの場面を見ていた。

大晦日の夜、目覚めると食材の豪華さひとつで部屋に漂うにおいまでが違った。

シャネルのキスで起こされたときは、既に三人とも一杯ずつ入った状態だった。思わず悲鳴をあげた章介を、三人が囲んでげらげらと笑った。

「なんだ、もう始めてたんですか」

師匠の掛け布団を隣に返して、章介もストーブの前に座った。どこからか吹き込んでくる隙間風を、体をずらしながら避ける。片方だけ投げ出した脚には、夢から覚めても傷があり、うずうずとした痛みが居座っている。

ストーブの前に師匠、ひとみ、シャネル、章介と並んだ。すっかり温まったワンカップをひとつ渡されて、ちびりと口をつける。寝起きの酒はなぜか甘かった。

「ボン、すんごくいい寝顔だったわよ。みんなで眺めながら一杯やってたの。あんた寝言言うのね、感激しちゃった」

どんな寝言だったかと問うと「シャネル、シャネルってうわごとみたいに」と返ってきた。

「ひとみ、ひとみ、聞こえたで」

「いや、わたしには師匠、師匠って」

「公平で良かったです」

アルミの器に取り分けられた具材をひとつ、箸《はし》でつまむ。一本まるごとの焼きちくわだった。ひとみが「ちくわに玉とは相性ええな」とつぶやき、玉こんにゃくを口に入れる。鍋に見せかけたおでんかもしれない。飯は赤飯のおにぎりだった。三人とも、赤飯に甘納豆が入っていることを気持ち悪がっている。北海道ならではらしい。本州ではなにが入っているのか訊ねると、ただの小豆《あずき》だという。

「名倉くんは、毎年ここでひとりでお正月を迎えるんですか」

「ええ、まあ。そのときによります」

ひとみとシャネルが申し合わせたみたいにニヤリと唇の端を持ち上げた。

家庭持ちじゃない女と付き合っているときは、あっさりと女の部屋へ転がり込んでいたのだった。クリスマス、正月と続くイベントをひとりで過ごすのがさびしい女は、ふたりきりになると全身で章介に寄りかかってくるので、そこは気をつけながらだったが。

「女を甘くみるから、十九針も縫う羽目になるんや。案外、泣かした女の数かもしれんで。懐から金をくすねていく男のほうがよほど実があるねん」

「金で解決しちゃってるもんね」とシャネルが追い打つ。師匠はうんうんと頷きながら、鍋から肉とつみれを探し当てた。

「みんな親切なんですよ。すごく親切に近づいてくるんだ。お礼を言ってたら、水くさいって言うし、お礼を言うのやめたら今度は『あたしのことどう思ってるのか』って訊《き》いてくる。訊かれたことには答えてきました、わりと正直に。最初から最後まで、おねえさんたちの言うことを聞いてたんですけどね」

「救いようないで、こいつ」

ひとみとシャネルが盛大なため息を吐き、勢いでワンカップが空いた。空いたカップに、今度は一升瓶から酒を注ぐ。今夜は年をまたぐ前にみな酔い潰《つぶ》れそうな勢いだ。

「こういうのがいちばんタチが悪いのよね。自分は女の望むようにやってきたって言い切るヤツ。控えめに開き直られるとそこから先は何にも言えなくなるって、本能的に知ってるのよ」

シャネルが「ぞっとするわ」と言って蕎麦《そば》のように音をたててしらたきをすすった。

「昨日あかんようになったのも、親切なおねえさんやったんか」

「いや、由美子さんには、恰好良く捨てられました」

「由美子やったんか」

ふたりの誘導尋問にまんまとのせられてぽろりと漏らしてしまった。ひとみもシャネルも、顔を見合わせて笑いを堪《こら》えている。

「名倉くんは根が優しいんでしょうね。そうじゃないと最後に悪者になんぞなれませんしねえ」

「俺、悪者なんですか」

「親切が過ぎると、最後はそうなりますねえ」

師匠の言葉は、欲しい情報をいつも最後に飲み込んで終わる。釈然としないまま、鍋に箸を突っ込み肉を探す。豚の薄切り、鱈《たら》の切り身、白菜やネギ——節操のない鍋がそのまま章介の部屋に思えてくる。

シャネルが「今日はこっちの部屋で雑魚寝《ざこね》しましょうよ」と持ちかけた。

「眠たくなったらごろごろして、寒くなったら手を繋《つな》いで、それでも寒かったらお布団ごっこして遊びましょう」

おそるおそる「お布団ごっこ」とは何かと訊ねると、ウインクとともに「上になったり下になったり」と返ってきた。章介がなにか言う前にシャネルが動き、さっさと自分たちの布団を運び始めた。

「埃《ほこり》たてんといてな。いま飯の最中やで」

「はいはい、あんたのは師匠の隣に敷いとくわよ安心して」

「師匠は立派ないけずの唐変木や。お前がなんとかしい」

「やだ、あたしはボンがいい。一ミリでも若いのがいいの」

向かいの部屋で毎度こんな会話が交わされていたことを想像する。横を見ると、師匠は嬉《うれ》しいのか困っているのかまったくわからない表情で黙々と酒を飲んでいた。

翌日から三日間仕事をしない人間が集う八畳間に、布団が四組みっちりと並んだ。ストーブを台所のシンクぎりぎりまで寄せて、布団に腰を下ろして宴《うたげ》は続く。シャネルが、隣接した建物には人が住んでいるのかと訊ねてきた。

「いや、両隣の建物は倉庫みたいです」

「パラダイス」のオーナーがやっている別会社の持ち物で、この寮も元々は運送の仕事をしていた人たちが入っていたと聞いたことがある。

「あら、それじゃあ大声出したところで文句が来ないってことね」

「なんや、ここで大声出すんかい」

「年越しの夜の、あたしからのプレゼントよ。本来なら、ＮＨＫホールで紅白歌合戦の最後に歌ってたはずの一曲なんだから。しっかりお聴き」

すーはー、呼吸を整えたシャネルが、伴奏なしで「蛍の光」を歌い始めた。何気なく見た腕の時計が、十二時に近くなっている。

シャネルはさんざん酒を飲んだ後とは思えないくらい伸びやかな声を響かせる。結露した窓硝子《がらす》も震えそうな、太い声だった。

三人分の拍手に気をよくしたシャネルが「ラブ・ミー・テンダー」「この胸のときめきを」「マイ・ウェイ」を一気に歌った。シャネルが遠慮のない声で歌うと、店で聴くよりずっと迫力がある。今日は目を閉じて聴いてもいいのだった。三曲聴き終わるころはもう、新しい年になっていた。

「喪中率五割の新年よ。さあ、新しい酒にきりかえて、今年の抱負なんぞ語り合いながら飲みましょう」

ちょっと待った——ひとみが片手を挙げた。

「もう一曲歌ってんか。こっちは初踊りや」

「リクエストはなにかしら」

「そうやな『好きに奈良《なら》漬け炒《い》り卵』で頼むわ」

布団の上へと舞台を移し、ひとみがジャージ姿でバックポーズを決める。シャネルがワンツーのカウントのあと、歌い始めた。

ワイズ　メン　セイ——「好きにならずにいられない」だった。

天井に向けて伸ばした両手の指先から、いつ仕込んだのか羽根の花が赤白と舞い落ちてくる。横を見ると、師匠がひょっとこそっくりな表情でひとみを見上げていた。

ふと、娘のひとみは今ごろなにをしているだろうかと、頑《かたく》なな横顔を思い出す。「パラダイス」を最後にフラワーひとみの完全引退を決めたふたりには、今回の営業を終えたときどんな関係が待っているんだろう。章介の想像は師匠とひとみの関係へと滑り込んでゆく。

フォーリン　イン　ラブ　ウイズ　ユー、珍しくシャネルの声が湿っている。

テイク　マイ　ハンド——

ひとみが今までのステージでは見せたことのないポーズを決めた。仰向《あおむ》けから背中を大きく反らせ、両手両脚で体を支えたあと、つま先を高く上げた。天井に向けて突き上げた脚の、ジャージの二本線がまっすぐだ。

フォーリン　イン　ラブ　ウイズ　ユー

シャネルの声がひときわ大きく響く。ひとみが両手を布団から離し、ゆっくりと起き上がる。師匠がシンバルを持たされた猿のおもちゃみたいに拍手する。章介も真似てひとみに大きな拍手をおくった。

礼を決めたひとみが、頭上からくるりくるりと回しながら下ろした右腕を、そのまま師匠と章介のほうへと差し出した。半分呆《ほう》けたような顔で、師匠がひとみの手を握った。

ひとみが「けっ」と鼻を鳴らし、師匠の手をパシリと打った。

「寝ぼけとるんちゃうで。お年玉、チップや、チップよこし」

「ちょっと、せっかく心を込めて歌ったってのに、あんたなんてことすんのよ。ロマンティックが吹っ飛んじゃうじゃないのよ」

歌い終わったシャネルが怒鳴ったあと、大声で笑い出した。

「最高の新年ね。ハッピーニューイヤーよ」

シャネルが陽気に笑うが、章介はみっちりと敷かれた布団がひと組ずつ消えてゆく様を想像して、わずかに酔いが遠のいた。

ああそうだった、化膿止めを飲んでいるあいだは酒はひかえるようにって――まあ、今日だけは許してくださいよ。誰か分からぬが咎《とが》める顔を定められないまま詫《わ》びたところで、章介は布団に引きずり込まれるように眠りに落ちた。


給油タンクに灯油を入れていると、師匠が目を覚ました。

「名倉くんはよく眠れましたか」

「眠ったというよりは、気を失っていた感じです」

「新年ですねえ」

「先に寝ちゃってすみません。あのあとみなさん起きてたんですか」

「お酒が美味しかったですよ」

ストーブの上にはまだ昨日の鍋があり、中を覗《のぞ》けばくずれた豆腐としらたきが浮いている。灯油をタンクに満タンにしてストーブにセットした。ごぼごぼと飲み込まれる音を聞いて点火した。外と変わらない気温のはずが、四人分の体温と隙間なく敷かれた布団のおかげでいつもより暖かい。

新年という気はまったくしなかった。女の部屋に行っていたところで、飯を食うか寝床にいるかだったのだ。

さて、ここからの三日間をどう使おうか。ふと、由美子の後ろ姿が過《よ》ぎる。去年のことになってしまった。縫った膝がまだしくしくと痛い。化膿止めを飲むために傾けたものの、ヤカンの水は凍っている。水道の元栓を戻し、遠くから水がやってくるのを待って薬を飲んだ。台所の音で、ほかの二人も目が覚めたらしい。

「ボン、あたしにも水をちょうだい」

「こっちもや」

ずるずると寝床から這《は》い出して、師匠がワンカップの空き瓶をすすいで水をいれた。

「はいはい、おふたりともおはようございます」

鉄管くさい水を飲んだふたりが、そろって便所へと向かった。師匠が中身が凍ったヤカンをストーブの上に置く。

「名倉くん、膝の痛みはどうですか。歩けますか」

「痛みはたいしたことないです。いま飲んだのは化膿止めです」

「腫《は》れたり、熱っぽかったりはしていませんか」

「だいじょうぶだと思います」

師匠はうんうんと頷き「化膿していないなら安心です」と続けた。

「とりあえず、無事に年を越しましたね。では、いつもどおり朝ご飯を食べましょうか」

ヤカンの氷にひびが入る音がする。静かな新年だった。

シャネル、ひとみが部屋に戻ってきた。

「寒いわ。もう、寒くて臭くて、気絶しそう」

「気絶するんやったら、部屋の隅でたのむわ。その辺でやられたら運ぶのが大変や」

ふたりの掛け合いが続くなか、四組の布団を畳み終えた師匠が、ひとつ大きな伸びをして言った。

「海を見に行きましょう」

全員が同時に「え」と師匠を見た。意外な人物が最もその場にそぐわぬひとことを言ったことで、部屋に一本見えない糸が張った。

「師匠、何を見に行くって」章介が訊ねる。

「海です。ご飯を食べたら、みんなで海を見に行きましょう」

灯油タンクから油を飲み込み、ストーブが一瞬震えた。本気ですか。ええ、行きましょうよ。師匠がさらりと答える。

「いつも、橋を渡るのは暗くなってからでしょう。このお休みを利用して、北国の冬の海を見るのも悪くないと思いましてね。少し歩けば、二日酔いも醒《さ》めるでしょうし。そうすれば、今夜の酒も旨《うま》いですよ、たぶん」

悪くないわね――シャネルがぼそりとつぶやいた。「それもええな」ひとみが鼻から音をたてて息を吐く。章介はなんとも思わなかった。三人が行くというのなら、自分もついてゆく。それだけだ。

ストーブの天板で焼いた菓子パンを腹に入れ、濃いインスタントコーヒーでぼやけた視界をたたき起こした。アンダーシャツ、トレーナー、セーター、ありったけの衣類を重ね着する。章介のジャージはもうほとんど師匠が自分のもののようにして着ていた。らくだ、ジャージ、シャネルからもらったセーターと続き、その上に舞台用の衣装とオーバーを重ねた。下もジャージの上に舞台衣装のズボンを重ねているので、一瞬だが洒落《しゃれ》た服装に見える。

「あら、師匠それいいじゃない」

ひとみが着ぶくれした状態で便所に行き「えらい面倒やった」とぼやき、ひょいと章介の目の前に紙をかざした。

「ボンに年賀状や」

手渡されたのは普通の官製ハガキだが、切手部分の下に赤ボールペンで「年賀」とあった。

名倉章介さま――

年賀状をもらったのは生まれて初めてだった。差出人は「名倉ミワコ」とある。

「母ちゃんだ」

「玄関に一枚だけ投げ込まれてたわ。えらい香辛料《スパイス》の効いたおかんやな」

住所は「帯広《おびひろ》」だった。年賀状には消印がないということも、そのとき初めて知ったのだった。

「はよ読まんかい」

ひとみに急《せ》かされてハガキをひっくり返した。

『あけましておめでとう。元気で新しい年を迎えたことと思います。おかげさまでわたしも元気にやっています。困ったことがあったら電話ください』

最後の一行と電話番号は、本当は書く予定ではなかったのではないかと思うくらいの窮屈さで記されていた。章介の手元をのぞき込んでいたひとみが感心したようにつぶやく。

「新米未亡人が、父ちゃん亡くした息子に年賀状かい」

「やるわねえ。振り切ってるわ。ロックね」とシャネルも追い打ちをかける。

師匠は黙って鳩の籠に指を入れて頭を撫でている。ひとみとシャネルが部屋を出た。海へ行こうと言い出した師匠がしゃがみ込んだままなので、背中に声を掛ける。振り向いた師匠の目が少し赤い。

「師匠、どうしたんですか」

視線を戻した師匠が籠から一羽取り出した。手には羽をたたんだ鳩がいる。いつもはやわらかく体をよじらせながら丸まってゆくが、違った。続けてもう一羽、籠から出す。

師匠の手のひらの中で、鳩が二羽息絶えていた。

何号ですか――おおよそこの場にそぐわない問いに、師匠が「二号と三号です」と答えた。

籠を覗けば、一号がぽつりとブランコを漕《こ》いでいた。

「連れて行きましょうか」

「そうですね」

章介の提案をまっすぐ呑《の》み込んで、師匠が白鳩一号を丸めて上着の内ポケットに入れた。

外は鬱陶《うっとう》しいほどの快晴で、太陽もまだ高い場所にあった。先日の雪は風に運ばれ道の端に溜《た》まっている。着ぶくれした四人がぞろぞろと橋を渡る姿は、初詣《はつもうで》に向かう人のぽつぽつとした影に紛れ、いつもより目立たないくらいだ。

「ボン、橋を渡ったらお店とは逆の川下に向かって歩けばいいのよね」

「ええ、たぶん」

「たぶん、って何よ」

「正月早々うだうだ言わんと歩き」

そう言うひとみとシャネルの歩調は、膝に傷のある章介に合わせてゆっくりだった。体に残ったアルコールが粉になりそうなくらい空気が乾燥している。唇の皮がめくれてがさついていた。由美子が、嫌がる章介に無理やりリップクリームを塗りつけた日を思い出した。あの日はまだ章二も生きており、母も街に居たのだった。上着のポケットに差し込んだ右手が、気づかぬうちにミワコからの年賀状を撫でている。

寒い寒いと連発しているわりには、シャネルの口は元気そうだ。いっそうひとみに話しかけては、後ろを歩く師匠に話題を振る。

川面《かわも》に、薄い氷が張っていた。満ちたり干《ひ》いたり、河口を行き来する波のかたちになって揺れている。蓮《はす》の葉に似た氷は、冷え込んだ日にはっきりと目に見える寒さだった。

河口側をゆっくりと移動する太陽が、ささやかな暖をくれる。なんの足しにもならないな、と裡でつぶやく。ハガキの角が取れてゆく。師匠がときどき、胸のあたりに手をやって白鳩一号の無事を確かめている。師匠も、無口だ。

大通りをゆく車の中に、華やかな晴れ着姿を見た。父親が死んでも、母が新しい生活を求めて息子を捨てても、正月は正月だし新しい年は新しく、人を祝い人に祝われていた。

橋を渡りきり、左に曲がる。日陰に入ると空気が肌に凍《し》みた。

「ボン、ここまっすぐ行けばええんやな」

「そうですね、たぶん」

「お前さっきから『たぶん』ばっかりやで。膝と一緒に鼓膜も縫うたんと違うか」

「たぶん」

二歩、三歩、章介を待って、ひとみが章介の頭に右手を振り下ろす。張り扇《せん》に似たいい音がした。

「それで口答えしたつもりか、あほう」

「スナップ効いてたわぁ。さすが踊り子ね」

「踊り子関係ないやろ」

章介の右横にやってきたひとみと左側の師匠に挟まれていると、シャネルが「寒い寒い」と言いながら章介の腕に丸太に似た腕を絡ませた。

ほんの少し膝を庇《かば》いながら急かされ歩く。話し声が聞こえない程度に距離が開いたところで、シャネルが言った。

「ひとつ大人になったんだから、ちょっとは気を利かせなさいよ」

「頭叩かれましたよ、俺」

「あんまり野暮だから、あたしが一発お仕置きしちゃいなさいよって言ったのよ」

本当か嘘かわからないが、野暮だったことは認めて謝った。

「あの子、師匠が元気ないことに気づいてんのよ」

出がけに鳩が死んでいたことを告げた。シャネルはさんざん白い息を吐いたあと「元旦《がんたん》なのにさ」とひとこと街路樹の枯れ芝に捨てた。

倉庫街を抜けると、街を包み込んでいる港のにおいがいっそうきつくなる。魚をすりつぶすミール工場のにおいだ。ラインは止まっていても変わらない。早速シャネルが「きついわ」とぼやく。生まれたときから嗅《か》いでいるにおいだが、気づいてしまうとやっぱり臭い。ポケットの中、ハガキの角がほとんどなくなった。

倉庫と倉庫の間を抜けた先が岸壁だった。吐いた息は色づく暇なく風に連れて行かれる。乾燥しきった空気のすぐ下に凪《な》いだ海原がある。顔を切ってゆく風は、自分が思っているよりも勢いがないのかもしれない。

師匠が背後で「ほおお」と語尾を伸ばした。ひとみが師匠の横で「へええ」と言う。シャネルは章介の腕をつかんで、じりじりと広い岸壁を横にずれた。

「べた凪《なぎ》ね」

どんな大声も海原が見せる景色には敵《かな》わず、すぐさまかき消されそうだ。墓場で見たよりもずっと近くに海がある。潮は満ちており、岸壁のへりをゆったりと上下する。河口に目をやれば、氷が上流へと向かっていた。満ちた潮が、川を押し戻そうとしている。岸壁の縁に立った師匠とひとみの後ろ姿が、水面の照り返しのなかで黒く浮かび上がった。

行き暮れた男と女だ。今にも海に飛び込みそうに見えるのに、章介の頭を過ぎるのは師匠の上着の内ポケットに入っている最後の一羽だった。

「似合いのふたりだと思うのにねえ」

含みのあるひとことに「うん」と頷けば、寒さで歯の根が合わずガチガチと音がする。黒い後ろ姿が、ふたり揃《そろ》ってこちらを見た。ひとみが手招きをする。シャネルに引っ張られながら岸壁の縁まで歩く。ゆっくりと上下する海面を見ると、酔いが舞い戻ってくる。

「なあ、この海、何色に見える？　いま、この人とそんな話しとってん」

「海は――ここの川と同じで真っ黒じゃないの？」

珍しくシャネルが遠慮がちに答える。章介はスニーカーの紐《ひも》に気を取られているふりをして答えを避けた。なんと答えたところでひとみが相手では禅問答になりそうだ。

「なあボン」と追われて、仕方なくいま聞こえたばかりのふりをした。

「なんですか」

「この海、ボンには何色に見える？」

面倒そうな会話はできるだけ避けたい。多くて二往復と祈りながら、真冬の陽光を跳ね返す細かな波のうろこを見た。

「光ってて、よく分からないです」

ひとみが満足そうに「そやな」と返し、また海のほうへ体を向ける。海風が体感温度をおそらく十度は下げているだろう。なにもかも凍りつきそうだ。いっそ膝の傷も凍れ乾《しば》きになればいい。

章介は師匠がもぞもぞと上半身を動かすのを見ていた。ひとみが隣で師匠の襟のあたりをのぞき込む。

「あんた、なにする気や」

波の音を裂くひとみの声に、シャネルが駆け寄った。章介も遅れて師匠に近づいた。もう、頰には感覚もなくなっている。師匠が懐から鳩を取りだし、手に包んでいた。

「とうとう一羽になっちゃいまして。これをよい機会にして、自由にしてあげようかなと」

あほか――誰よりも先にひとみが怒鳴った。

「自分で餌も探されへん、生まれついての飼い鳩やないか。いくら羽を切らんとうまく調教したかてこんな真冬の海に放したら三分で死んでまうやろ。あんた、なに血迷うたこと言うてるんや」

師匠は手の中で羽をたたんでいる一号を指のあいだからのぞき込み、やっぱり無理ですかねえ、と首を傾《かし》げた。

「無理もなんも、死ぬの分かってて放す必要どこにあるんや。またなにかにつけて死んだ嫁はん引っ張り出してはいいわけにするつもりやろ。何遍も言うたよな、死んだもんはもうおらんて。もうこの世におらんものをいつも隣にいるみたいに話すのやめとき、うっとうしい」

元旦からひとみに怒られている師匠は、けれど少しも卑屈に見えなかった。ひとみも言葉ほど怒ってはいないのが、一緒に鳩をのぞき込む仕草でわかる。

いやあね、もう――シャネルがぼやく。痴話《ちわ》喧嘩《げんか》なら、ふたりでいるときにやってほしいわ。

震えながらうなずくも、気恥ずかしい。海を見ていると、岸壁に寄せる水面のうねりに更に酔いそうだ。空を仰ぐと、カモメが一羽視界を切っていった。

では、帰りましょう――

海に向かって放たれた師匠の声は、三人を部屋で誘ったときよりずっと響きが良かった。シャネルが章介の腕を取って歩き出す。海を背に歩き出した四人の影が、二人単位で一歩近づいたり遠のいたりを繰り返し、アスファルトに長くなった。

半分凍りかかっている体が動きを止めそうになると、シャネルが「心頭を滅却しながら歩くのよ」と言ってヒールの音をたてた。

シントーヲメッキャク、ってなんですか。心も頭も無にすることよ。二度説明させて、結局何も考えぬことだと理解したところで橋が見えてきた。どこかで暖を取って、できれば風呂かサウナにでも入りたい。通勤以外でひとり冬枯れの道を歩くこともなかった。歩く目的の見つけられないアスファルトの歩道は、かかとに張り付いてきそうなくらい重たかった。

大通りを、サイレンを鳴らして消防車が行き過ぎる。一台、もう一台。シャネルが上半身をぶるぶると揺らしながら「やだ、元旦から火事ですって」と言えば、斜め後ろでひとみが「えらい気の毒なこっちゃな」と追いかける。

「どこか暖まれるところないかしら。初風呂って言葉もあるくらいだから、探せばどこかお風呂屋さんが開いてるんじゃないかしらね。ボン、どこか知らない？」

風呂屋の心あたりをひとつふたつ思い浮かべながら、大通りに出た。左に曲がれば駅方面で、駅前のサウナが開いているかもしれない。右に曲がるとあとは橋と寮しかない。選択は左だろう。

なんやあれ――

ひとみがシャネルと章介の前に飛び出し、橋の向こうを指さした。

鬱陶しいほど晴れ上がった空に向かって、真っ黒い煙が立ち上っていた。

なんやあれ――もう一度ひとみが煙を指さし言う。火事じゃないの。シャネルが返す。

「寮のあたりですね」

師匠が冷静なのかそうでないのかは分からない。誰より先に寮へと歩き出したのは、師匠だった。ひとみが続き、章介は走ることができないぶん二人に遅れ、シャネルに腕を支えられながら橋を渡った。

十分後、章介は二台の消防車と火事場見物の人垣の後ろから、水をかけるほどに勢いを増しているのではないかと思う火の手を見上げた。景気よく燃えているのは「パラダイス」の寮だった。辺りには生活を焼くにおいがたちこめ、人垣を満足させている。

ついさっきまで海を眺めていた四人が、今度は燃え上がる火を見ていた。ずいぶん忙しい日だ。

野次馬のひとりが「死人は出ねえのか」と言った。横から「あそこはたしか倉庫だべ」と続き「だったらなんで火が上がるんだべな」「放火か?」と着地する。集まった見物客は、倉庫の隣にある平屋がキャバレーの寮だということは知らないようだ。

一度大きく空に上がる水の束に虹がかかる。人垣が「おお」とどよめく。燃えているのが自分たちの住処《すみか》でなければ、四人とも手を叩きながら見物していたろう。

師匠もひとみもシャネルも、章介もまた口を開けないまま炎に吸い込まれる水を見ていた。新年早々に焼け出されたのは、間違いなく自分たちなのだった。落ち着きのいい感情はなかなか得られなかった。どこか他人事《ひとごと》のような心もちで、目の前で起こっている出来事を眺め続けた。

放水の勢いがなくなり、やがて止まった。人垣が角から順に崩れてゆく。去ってゆく人の数を無意識に数えていた。十一人だった。

ああ――師匠が鼻の奥からため息を漏らす。

わたし、ストーブを――

言いかけた師匠の首に、シャネルが腕を回して締め上げた。

「しっ、それはこの場では言っちゃあ駄目。師匠、お口にチャック！」

倉庫の壁が黒く焦げている。冥界《めいかい》への穴に見えなくもない。風のないのが幸いした。煙の去った焼け跡には、柱が数本残るきりだった。

「みごとに丸焼けね」シャネルが感心している。

「あの子ら、焼き鳥やで」ひとみが続けた。

師匠が懐から出した鳩の頭を撫でる。章介は無意識にポケットの中のハガキを探った。

「寒いですね。どこか、暖かい場所に移動しましょう」

「そうやな、あれこれ考えるのはそれからにしよか」

何を失ったのかよくわからなかった。自分以外すべて焼けたのだが、そこになにがあったのかを上手く思い出すことが出来ない。大きく、白い息を吐いた。

「俺、腹が、減りました」

シャネルが「よし」と言って章介の腕を取った。火事場に背を向けると、ただ青い空があった。背後で消防士たちの声がする。章介は一度、ゆっくりと振り返った。

人間、住む場所が失われても腹は減るのだった。そのことがひどく面白く思えてくる。

シャネルの香水がひときわつよく匂う。顔をのぞき込まれた。

「あんた、なにヘラヘラ笑ってんのよ」

*

木造モルタル平屋の建物は「全焼」と報道された。怪我人はなく、隣の倉庫も壁の焦げで済んだことが幸いだった。建物の玄関から向かって左側が火元と判断されたが、それが章介の部屋なのかひとみの部屋なのかはわからない。寮をねぐらにしていたネズミも、もういないだろう。

仲間の二羽に先立たれた白鳩の一号が焼かれずに済んだことも、振り返れば不思議な出来事だった。

焼け出されたあとの三人は「パラダイス」から歩いて五分ほどの、公園近くの旅館へと宿泊場所を移した。着の身着のままはいつものことで、旅回りの多いそれぞれが習慣として持ち出した財布のおかげで、三が日が終われば急のものは買いそろえられるという。

章介はというと、しばらく木崎の家に厄介になることとなった。気のいい妻と幼い子供たちのいる家は、もともと木崎の親が住んでいた場所だと聞いた。

「あんまり収入のなかった頃に結婚したからね。家賃を払いながら生まれ育った家に暮らすってちょっとないことだけど。家賃払わなかったらまた別の問題が出てくるんでさ」

木崎は出火原因についてはつよく問いたださなかった。元日をのんびり過ごしている夜にやってきた章介を、二階の空き部屋へと案内しながら「大変だったたね」と労《ねぎら》うのだ。木崎の妻は、昔「パラダイス」の売れっ子だったというだけあって、眉《まゆ》ひとつひかぬ素顔でも目鼻立ちは整っている。章介の身の上をよく知っているので、寝間着や着替えを何枚か重ねて「うちのひとのお古で悪いんだけど」と言って置いていった。

納戸として使われていた二階の四畳半は章介のために片付けられたが、押し入れに入りきらない段ボールや畳まれたベビーベッドは壁に寄せられていた。ベビーバスにはお風呂で遊ぶ玩具《おもちゃ》が詰め込まれ、キユーピー人形が宙を見ている。高校まで木崎が使っていた部屋だったという。見上げると天井近くの壁に、すっかり錆《さ》びた画鋲《がびょう》で京都や青森のペナントが留められていた。窓にはジャカード柄の厚いカーテンがかかっている。布団を敷いたあとは肩幅の通路しかなかったが、火の気がなくても寮よりは暖かだった。木崎が布団の縁に腰を下ろした。章介も片足を投げ出す恰好で座る。

「すみません、こんなことになっちゃって」

「オーナーはこれを機に、いろいろ整理することに決めたみたいだ。二百カイリで漁獲が落ちるのは目に見えてるし、とても今までどおりの商売は無理だってわかってるんだよ。だから、名倉くんが謝ることでもない。燃えたもんは仕方ない。これで怪我人や死人が出たら、お店どころじゃないからさ。オーナーも僕らも、とにかく四人とも助かったことでよしとしているんだ。名倉くん、怪我をして膝を縫ったって聞いたけど」

「おととい、帰り道で転んで」

「そうか、たった二日間だっていうのに、いろいろあったねえ」

三が日が終わったら、住む場所のことも考えようかと木崎が言う。

「安いところ、あればいいんだけど」

木崎が「うぅん」と唸《うな》って、腕を組んだ。口をへの字にして数秒首を傾げたあと「うん」と頷く。

「名倉くんもさ、いつまでもバイトでやっていけるわけもなし。もしかしたら、この先を考えるいいチャンスなのかもしれないねえ」

「いいチャンスって、なんですか」

「将来のこと、しっかり考えるチャンスだよ」

木崎は、固定給も社会保障もないアルバイト生活をいま一度振り返るときが来たのじゃないか、と章介の顔をのぞき込んだ。

「僕はさ、ミュージシャンに憧《あこが》れていっぺん東京に出たわけ。結局憧れだけで終わったんだけど、地元に帰ってきてからちょっとふて腐れてね。親を親とも思わないような時期もあったわけ。悪いことしたなあって思うんだけど、謝るところには至ってない。結婚のことで今も少しだけわだかまりを残してて、そのせいでこうして正月を迎えてもあまり行き来をしてない。同じ市内にいるのにさ。でもこれも楽といえば楽でさ。うちの嫁さんはあの通りスカッとしたひとだから、面倒みなきゃいけないときはちゃんとやるからって言う。意地を張れる時期を過ぎて、いざ僕らに頼らなくちゃいけないときに、うちの親はとても後悔すると思うんだ。彼女を嫁として認めてもらってないことで、実のところ得をしてるのは僕なんだね」

木崎の言っていることの半分も、章介は理解できない。ただ、彼には彼の意地と誇りがあるのだということだけはわかった。木崎は「だからさ」と続ける。

「名倉くんは、自由を選べる人間だということだよ、いま」

いきなり「自由」なんていう言葉が飛び出して驚いていると、木崎は店で浮かべるにやりとした笑みを見せた。

「『パラダイス』はいい職場だと思うんだ。働いてるお姉さんも裏方も、港町のいいところばかりが詰まってる。いつでもスクラム組めるけど、いつでも離れて行ける。依存も裏切りも何もかもが詰まってる福袋みたいな場所だ。ただこれから先水産が落ちることははっきりしているわけでさ、この界隈《かいわい》で働く人間もふるいに掛けられていくはずなんだよね」

木崎は章介に向き直り、これは決して誤解して欲しくないんだけどと前置きをして言うのだった。

「いま頼る先がないってことは、誰も名倉くんを縛れないってことなんだ。『パラダイス』の照明でこの先もずっとやっていきたいと思うんだったら、僕がオーナーに掛け合う。今すぐは無理でも、この先は社員にっていう前提で接することになる」

けれどやってみたいことがあるのなら、外の空気を吸ってみたいのなら今なんだと思うよ、と木崎が言う。ピンと来ないいながらも、キャバレーの照明には替えが利くということだけは章介にもわかる。誰より何より、自分がそれを証明している。

「俺、十五で左官屋に住み込んで、結局使い物にならなくて飛び出しました。木崎さんには言ってなかったですが、うちの親父に連れて行かれた職場でした。たぶん、借金でもあったんだと思う。その親父も、このあいだ死にました。母親とは会ってません。頼る先がないというか、俺、ほんとうになにも持ってないいんです」

数秒の沈黙のあと、木崎が「うらやましいよ」とつぶやいた。そしてまた、先ほどと同じ言葉を繰り返すのだった。

「だからいっぺん、しっかり恰好良く挫《ざ》折《せつ》しなよ。若いんだからさ。挫折って、自立してないと味わえないことだから」

吹っ切れた笑顔の木崎にそう言われてようやく、章介は、ここに長く留《とど》まっていてはいけないんだなと気づいた。はあ、と頷く。行き先など見当もつかなかった。

「いちど外に出てさ、吸いたい空気吸ってさ、やりたいこと見つかったらそれでよし。もし、きつくなっちゃったら、そのときはまた『パラダイス』に戻っておいでよ。僕はいつでも、ここにいるからさ」

ホステスたちにかけられた粉を払いもせず、ふらふらと家に上がり込んでは美味しいところだけ食べて次の花へと移ってゆく、章介のミツバチみたいな暮らしに、木崎は気づいていたのだった。

一か月、あるいは二か月、そのくらいなら下宿としてここにいてもいいのだという。ただ、次に行く場所を積極的に探すことが条件だった。ふと訊ねてみたくなった。

「木崎さんは、東京から帰ってきたことを後悔しているんですか」

こちらにはどうとでも取れそうな間を空けて、木崎が「いいや」と首を横に振った。羽織っていた上着を折りたたみ丸める際、ポケットに入っているハガキを思い出した。すっかり角の折れたそれを抜き取り、木崎に見せる。

「うちの母親、いま帯広にいるらしいんです」

ミワコから届いた素っ気ない年賀状から顔を上げた木崎は、いっそう優しい顔になった。

「いまは親孝行なんてことは考えなくてもいいから。たぶんまだそんな年じゃないから。だけど不義理だけは気をつけてね。それはあとでお互いに傷つくからさ」

ハガキを上着のポケットに戻しても、木崎から出された「自立」という宿題が章介の頭を離れることはなかった。

三が日が終わり再び「パラダイス」の営業が始まった初日、たった二日あけただけだというのに、店に入ってくるなりシャネルが抱きついてきた。

「ボ～ン、心配したわよぅ」

ぶ厚い唇を必死に避けて、背を反らす。シャネルは百貨店の初売りで買ったというワンピースから筋肉の盛り上がるすねを出している。スパンコールのない服は、品はいいけれどシャネルには少しさびしいデザインだった。

ひとみも今日買ったばかりのツイードのスーツを着ている。

「ひとみさん、ステージ衣装はどうするんですか」

「どうせ脱ぐ衣装やろ。風呂敷二枚とパンツ一枚あれば充分や」

ふたりの横には師匠が焼け出されたときの衣装のままにこやかに立っている。章介は誰より先にこの三人に抱きつきたかったのは自分だったことに気づいた。フロアに入ってくるホステスたちが次々と三人に火事の見舞いを言いにやってくる。浜弁丸出しが人気のホステス、ウメ子がぱんぱんに膨れ上がった風呂敷包みを差し出した。

――シャネル、これあたしが痩《や》せる前に着てた衣装だけど、良かったら使ってくれや。

――あらあんた、思ったよりいい女だったわね。

――底意地悪いのはお互い様だべ。

――いやだもう、気位が高いと言ってちょうだい。

師匠はといえば、実は若いホステスに人気があったことが露《あら》わになった。持ち手付きの紙袋に入った衣類が次から次へと届けられる。

——チャーリーさん、元気出してくださいね。

——中に手紙が入ってます、あとで読んでください。

それを横目で見ていたひとみが、白目をむいて大きなあくびをする。シャネルはもらった衣装を今日のステージで着ることにしたようだ。章介への見舞いと差し入れは、化粧室の前やロッカーのある廊下で待っている女から、あるいは事務室を経由して木崎から渡された。

新年初日の「パラダイス」には、晴れ着やいつもよりきらびやかな衣装のホステスがあふれていた。今日ばかりはひとみもシャネルも目立たない。客の入りもまずまずで、仕事始めのサラリーマン、従業員を連れての事業主がボックス席を占領している。

照明の点検をしている章介の横に師匠が立った。

「名倉くん、昨日はよく眠れましたか」

「木崎さんが良くしてくれてるんで。師匠のほうはどうですか」

師匠は、旅館の風呂がいいと言って細い目を更に細めた。

それにね——

ポケットから取り出したものを章介に見せる。ひと組のトランプだった。

「ステージ衣装なもんだから、年末に出し忘れてたのが入ってたんですね。鳩に気を取られてすっかり忘れてました。ステージに上がって何をやればいいのかと思ってたら、こんなこともあるんですねえ」

他人事のように語る師匠の袖口から鳩が顔を出した。

「一号、助かって良かったです」

「本当です。つくづく運のいい子ですねえ。たまにいるんですよねえ、こういう子が」

師匠は鳩の小さな頭を指先で撫で「命が助かるというのも才能ですから」とつぶやいた。それならば自分たちは、四人とも生きる才能に長《た》けているのではないか。

「昨夜《ゆうべ》は、ひとみさんがずっと名倉くんのことを心配していましてねえ。わたしとシャネルさんは、風呂上がりからずっとお酒を飲み通しだったんですけれど、ひとみさんはなんだかいつもの元気がなかったんですよ」

それは、そろそろ師匠との別れが近づいているからではないのかと思いながら、口には出さない。シャネルが師匠を「ババ」と表現した理由がうっすらと透けて見えた。

「いつもとまったく変わらないように見えますけどね」

「元気な顔を見られて、ほっとしているんでしょう」

今日から、新年福引き大会も始まり、師匠はその司会も務めることになっている。マジックショーのあとシャネルが歌い、ひとみがトリを務め、そのあとは福引き大会だ。ジャムセッションが流れる店内のざわめきは、数日前となにひとつ変わらないはずなのだが、章介にとっては薄皮一枚向こうにあるように思えて仕方なかった。木崎の言った「うらやましいよ」のひとことが引っかかっている。

住む場所も親も兄弟も、なにひとつ持たない今の章介をうらやましがる人間もいるのだった。だからこそ、出て行くのなら今なのだと言われても、さしあたってどうすればいいのかがわからない。期限はせいぜい長くて二か月。そのあいだに、できるだけ前向きな進退を示さなくてはいけない。

ジャズの流れる店内をぐるりと見渡し、別にここにいるのだっていいんじゃないかと考える。果たしてなにが正解なのか、章介自身がどこを向けばいいのか、迷うというより実は困っていた。

横を見ると師匠が鳩を肩に置き、少ない明かりで手元のメモを確認している。福引きで使う時間や、入店の際に配られるナンバー入りカードの提示のお願いなどがちいさな文字でびっしり書き込まれていた。

「師匠は、ここが終わったら東京に戻るんですよね」

「ええ、都内の仕事が入っていますね」

「俺、ここを辞めるかもしれないです」

師匠がメモから顔を上げ「ほぅ」と頷いている。

「木崎さんのところに厄介になっていますけど、アパートを借りてこのまま『パラダイス』に残るか、なにかやりたいことを見つけるか考えないといけないんです」

師匠はバンドの曲にあわせて指を数回鳴らしたあと「親心ですかねえ」と言った。

「考えないといけないというよりも、チャンスをいただいたのかもしれませんねえ」

木崎も同じ言葉を使っていたのを思い出した。師匠にそう告げる。

「名倉くんの若さは、この先何度も立ち上がることの出来る強みですからねえ。住むところもしがらみもない人間のつよさは、本人に自覚がないぶん周りがうらやむことなんでしょうねえ」

師匠は「ふぅ」とひとつ息を吐いた。

「木崎さんは、名倉くんにヒモは難しいとおっしゃりたかったのかもしれませんねえ」

師匠はちょっとだけ早口になって、昔読んだ本に書いてあったという話をする。

「ヒモというのは、女の人を惨めな気持ちにさせてはいけないものなんだそうですよ」

そうですよね――木崎の思惑も師匠の言わんとするところも、おそらく同じことなのだ。由美子のほかに、すっと章介の前から消えていったホステスたちの表情が蘇《よみがえ》る。笑っているのか泣いているのか、よく分からなかった。その顔を見たくなくて、さっさとその場を立ち去ってきた自分には、師匠の言うとおり「ヒモの才能」はなさそうだ。

「俺、べつにヒモになりたいと思ったこともないんですけどね」

「だから厄介なんでしょう。あれは立派な、男の生業《なりわい》です。趣味が高じてできるものではありません。ここから先は、できるだけ木崎さんの親心を無駄にしないことですよ」

師匠は自分のひとことに満足した様子で、両肩を軽く上下に揺すり、深呼吸をした。

――レディースあーんどジェントルメン、あ、ハッピーニューイヤーでございます。

師匠のアナウンスを合図に、ドラムが勢いよく響き始める。ざわめくフロアが一瞬沈み、再び持ち上がったところで、師匠が世界的有名マジシャンの紹介をする。マイクを置いてすいすいと歩き、章介のライトを受けてステージに上がった。なにひとつ、初めて会った日から変わっていないように思えた。

――チャーリー、がんばって。

――黄色いご声援ありがとうございます。

師匠がなぜあんなに若いホステスに人気があるのか、いまひとつ理由がわからない。百戦錬磨に見えるフラワーひとみも師匠に惹《ひ》かれているということは、章介には理解できない魅力があるのだろう。

なるほど、ババだ――

師匠を引いたら泣くだけでは済まないという想像をして、無理やりシャネルのひとことを腑《ふ》に落とした。

新年初ステージ、師匠はひと組残ったトランプを右手から左手へと流す。左手にのせたトランプの上へ、耳の後ろから取り出した一枚をのせる。衣装の襟の間から、口から、背中から肩口から、体中のあらゆるところからカードを出しては左手へとのせてゆく。

なにか変だと思ったのは章介だけではなさそうだ。女の子たちが静かに「え」の声を伸ばしている。あちこちから「え」が聞こえる。

ドラムもギターも、音を外してウケを煽《あお》るタイミングがなかなかやって来ないので、ときおり不思議そうな表情だ。

前のほうの席で、これ以上ない声で笑ったのはひとみだった。

――いよっ、チャーリー片西！

師匠が眉ひとつ動かさずカードに弧を描かせて飛ばす。すべてのカードが左手に収まり、両手を広げて浅いお辞儀をして、カードマジックが終わったことを告げる。フロアはおかしなどよめきにあふれている。客はチャーリー片西の何の変哲もないマジックにざわめく意味がわからないまま、女の子たちに祝いの酒をねだられていた。

つるつるの赤いハンカチを取り出した師匠が、手の中でその小さい布を丸め込む。丸めたハンカチから、白い鳩が現れた。どよめいているのはホステスたちで、客は師匠のよくあるマジックにいったいどんな価値があるのか分からぬまま、やっぱり酒をねだられている。ハンカチから飛び立った鳩が、フロアを旋回しながら「アダム＆イブ」の手すりで一度羽を休めて、師匠の肩に戻ってきた。

バックバンドが師匠の退場を促すため、景気のいい曲に変わる。堂々とステージを降りて、師匠が照明の横に戻ってきた。章介はいま見たステージの興奮がさめない。

「師匠、すごいですよ。いっぺんも失敗しなかった。すごいですよ」

師匠は照れ笑いを浮かべながら「久しぶりで、自分でもどうしていいかわからなかったです」と言った。マイクを握った師匠は、もうノーミスのマジックのことなど忘れたように、シャネルの呼び出しをする。章介は絞った光の輪の中に入ってくる巨体に合わせて、ゆっくりと照明を広げてゆく。ピンク色のラメが光るドレスは、丈が合わずシャネルの膝下あたりで切れている。肩紐のカクテルドレスなので余計に不恰好だ。広げた照明の輪を膝のあたりで切れるように絞った。隣で師匠が満足そうに「いいですね」とつぶやいた。

シャネルが新年初舞台に選んだ一曲目は「ラ・バンバ」だった。

「みなさん明けましておめでとうございます、ソコ・シャネルです。年明け早々、景気のいい歌で始めようと思いまして『ラ・バンバ』。北海道には『ばんば競走』ってのがございますでしょう。今年馬券を買うみなさまの幸福をお祈りして、この曲から始めてみました。どちらさまも、大当たりしますように」

今日のステージはラテンでまとめるらしい。「ラ・マラゲーニャ」「チビリコ」「バナナ・ボート」と続き、ところどころ怪しい歌詞が入る。

シャネルが「そのバナナ見せて見せて見せて見せて」と歌えば、陽気なホステスが場を盛り上げる。歌い終えるごとに、シャネル得意のシモネタが入る。新年早々、客席は笑いに包まれた。

「みなさん、ちょっと見てちょうだいな」

シャネルが自分の足下を指さした。章介は慌ててシャネルの膝下を照らす。

「これね、ここのウメ子がくれたドレスなの。なんでかっていうと、あたしの衣装ぜんぶ丸焼けになっちゃったわけ。あ、そこのお客さんご存じ？　元旦の火事。たまたま外に出てたんで助かったんだけどさ。まさか北のはずれで着たきり雀《すずめ》になるとは思わなかったわ。みなさん、今年も健康第一の火の用心よ。ドレスのお礼に、ウメ子が大好きな美空《みそら》ひばりを歌います。ありがとう、ウメ子」

シャネルはフロアの手拍子が鳴り響くなか「真赤な太陽」と「お祭りマンボ」を歌い、溜《た》めに溜めた最後のひと節「あとの祭りよ――」で、満場の拍手を得た。

ステージを降りて客席を練り歩き、歌謡ステージの最後を告げる「夢みるシャンソン人形」を歌えば、チップのお札を丸めた手が挙がる。届かぬところからはホステスたちが回収して、シャネルに届けた。

――ありがとうみなさん、釧路っていいところね。

――おじさん、嬉しいわ。今夜いくらでもつきあうわよ。

――ブスでデブだけど「パラダイス」のウメ子はいい女よ、みなさんよろしくね。

シャネルが盛り上げたステージは、ひとみへと引き継がれた。

ひとみは品のいいスーツでバックポーズを決めると、フラメンコギターが奏でる哀愁を蹴散《けち》らすように激しく踊った。一枚も服を脱がない今日のステージには彼女が持ってきたパーヨンのライトは必要ない。脱いで見せる衣装がないフラワーひとみは、脱がずに客の視線を集めている。全裸になるより、スカートの中身がちらちらのぞくほうがずっとエロティックだった。ひとみの持ち味は、娘に負けず劣りもしないまっすぐに伸びた脚と、客席を束ねる目の力と迫力のある笑顔だ。ラテン音楽からフラメンコギター、仕事始めのバンドマンたちも存分に演奏が出来ただろう。今日は酒が旨いに違いない。

「パラダイス」の新年営業の初日、ショーが終わったあとの客席では、仕事始めの男たちが上機嫌で福引きの半券を持ってそわそわしている。章介は自分も一杯飲んだような気分の良さでステージ上の師匠にライトをあてた。

師匠の横にはちいさなテーブルが置かれ、その上にベルベットを貼り付けた箱がある。腕が入るだけの穴から、ナンバーが書かれた半券を引くのは踊り終えたひとみだ。

「さあキャバレー『パラダイス』がお贈りする新春運試しのお時間がやってまいりました。どちらさまも、入店時にお持ちになりましたチケット半券をご用意くださいませ。これよりダンサーのフラワーひとみさんがこの箱から皆様の強運を引いてまいります。A賞からC賞まで十名様、そして大当たり『パラダイス』賞の一名様には、阿寒《あかん》一泊旅行がお待ちかね。さあさあ、ご用意は整いましたでしょうか」

C賞から順に始まった福引き大会は、歓声と酔っ払いの怒号のなか終了した。

阿寒旅行を当てたのは初めて「パラダイス」へやってきたという銀行員だった。

――おかたいお仕事と思われますが、どちらの銀行でしょうか、差し支えなければ。

――に、日本銀行です。

――こういう場所は初めてですか。今日はどちらさまとおいでになったのでしょうか。

――去年入ったばかりで。今日は上司に誘われて断り切れずに、すみません。

――日本経済があなたの肩にかかっております。お客様も上司の皆様も、どうぞ今後ともキャバレー「パラダイス」をごひいきに。

若い銀行員はしどろもどろで答えたあと、阿寒旅行は誰と行くかという質問のときだけはっきり「妻」と答えて場をしらけさせた。師匠は「おあとがよろしいようで」と、その日のステージを締めくくった。

衣装がなければないなりに、その身ひとつで生きている三人のステージは賑《にぎ》やかで、松の内を笑いで包んだ。火事の話と生き残りの鳩の話はシャネルがさんざん作り込んでの美談に仕上がり、チップになって跳ね返ってきたのだった。

松の内が明けた日曜の昼、空は晴れているのに細かな雪がちらついていた。章介は三人を見送るため駅へと急いだ。木崎は下の子が熱を出したので当番病院へ向かうことになり、章介ひとりの見送りとなった。高く青い空から落ちてくる雪に似て、どこか気楽な旅立ちだ。

ストーブのある待合室でしもやけ寸前の手を炙《あぶ》っていると、手提げ袋いっぱいのつまみと酒を買い込んだシャネルが入ってきた。

シャネルが章介を見つけて「ボォ～ん」と体をくねらせる。

「見送りに来てくれたのね、嬉しい。そのオーバー、あたしが選んだだけあって本当に良く似合ってるわ。大事にしてね」

「本当にありがとうございました」

初めて、深々と腰を折った。木崎が来られないことを詫びたところで、師匠とひとみもやってくる。西へ向かう列車に乗る三人は、札幌を経由して旭川に入るシャネル、乗り継いで青函《せいかん》連絡船を使って東京に戻る師匠、東京を通り越して大阪に帰るひとみに分かれる。

明日からまた、別のタレントが「パラダイス」のステージに立つのだった。

「みなさん、本当にお世話になりました」

「なんや、礼より餞別《せんべつ》を握らせんかい」

「まったくあんたはどうしてそう品がないのよ」

今日でもうこのふたりの掛け合い漫才も、師匠のつぶやきも、見ること聞くことはなくなるのだった。師匠は変わらず柿の種そっくりな目をしていた。籠を失った鳩一号を上着の内ポケットに入れているらしく、ときどき左の胸を撫でている。

「名倉くんの照明、短期間でずいぶん腕が上がりましたねえ」

照れ隠しに木崎が見送りに来られないことを詫びたあと、その木崎に言われた期限付きの居候のことを思い出した。

章介を見つめる師匠の目が更に細くなる。シャネルがワンカップの蓋をあけた。ひとみの形良い唇からさきイカがぶら下がっている。

「別れの杯や、ボンも飲み」

手渡された日本酒をひとくち飲んだところで、胸のあたりが苦しくなる。喉の奥に丸めたさきイカが詰まっているような気がして目をつむると、ふるりと頬に涙がこぼれ落ちた。

「やぁだ、ボンったらあたしたちと別れるのが悲しくて泣いてるわ」

「そらそうやろ、こんなええ踊り子には一生会えんからな」

「違うわよ、もうあたしの歌を聴けないのがさびしいの」

師匠が珍しく「ふぉふぉぉふぉ」と声を出して笑った。

「名倉くん、膝の傷、少しはよくなりましたか」

首を縦に何度も振る。なぜここで泣いているのか、さっぱりわからない。耳も詰まって、息も詰まって、視界もぼやけている。春には更地になるという「パラダイス」の寮で過ごした時間がひとみのステージのようにくるくると回りながら章介の目の奥を通り過ぎてゆく。頭をぶつけ合いながら食べたインスタントラーメンも、もうない。

師匠――

恰好の悪い涙声で、自分でも思いも寄らぬ言葉をこぼした。

「師匠、ひとみさんを、幸せにしてあげてください」

「なんやて――」

いきなり名前を出されたひとみが高い声を出した。シャネルも目をむいている。

「幸せって、ボン、あんた誰に向かって何を言ってんのよ」

自分の口からこぼれ出る「しあわせ」がなにを指しているのか、章介自身もわからなかった。ただ、もう二度と会えないさびしさがそんな言葉を言わせたのだとしても、無意識に放った願い事は、紛れもなく章介の本心なのだった。

母でも恋の相手でもない、通りすがりの踊り子の幸福を願うことなど初めてのことだった。

「ひとみさんがいれば、鳩の世話だって、ご飯だって――」

しゃくり上げる章介の後頭部で、ひとみの手のひらがいい音をたてた。

「アホかお前は。どこの誰が鳩の世話するんや」

「ボンって、やっぱりいい子だったわ。もう、このまま旭川に持って行きたいくらいよ」

シャネルが泣き始めたところで、章介は我に返った。

「すみません、取り乱しました」

「やだ、もうちょっとやりましょうよ。こういうの好きなのよ、あたし」

ご乗車をお待ちのみなさまへご案内申し上げます——

改札のアナウンスが始まった。シャネル以外は紙袋ふたつという荷物の少なさだった。身軽なふたりが同時に改札のほうを見た。

「では、名倉くんもどうかお元気で」

師匠はそこまで言うと章介に一歩近づき、耳のそばで囁《ささや》いた。

「ご安心ください。ひとみさんは、我々が思うよりずっと大人の女性ですから」

誰よりシャネルが大きく手を振った。

「ボン、ずっと愛してるからね。達者でやるのよ」

章介が頭を下げているあいだに、三人が改札を通って行った。師匠のちいさなお辞儀、ひとみの不敵な笑みとシャネルの投げキッス。ひと月足らずのあいだにあったこととは思えないほど多くの記憶が、章介のもとから去ってゆく。三人が膝をつき合わせながら街を出て行く。

この一か月のあいだに変わったことは、章介が住む場所を失い、章二の骨が居候とはいえ名倉家の墓に入り、職場にいられる期間が長くてあと一か月半となったことだった。

列車がホームを出て行く。流れ出す窓に一瞬、こちらに向かって手を振る三人が見えた。もう二度と会えないと思ったら、急にオーバーが重たくなる。二十年生きてきて、今ここから先がたまらなく心細く感じたのは初めてのことだった。

ポケットに両手を入れて駅から出る。雪は止《や》み、青い空が残っていた。まぶしくて嫌になる。ポケットの中のハガキは、もうほとんど角を失っている。手を入れるたびに角を丸める癖がついてしまった。

白い息が鬱陶しい。寒さは感じないのに、腹や背中に穴が空いて、冷たい風が通り過ぎてゆく。指に挟んだハガキを取り出した。

駅の入口に佇《たたず》み、消えかかった電話番号をしばらく眺めた。ミワコがどんな気持ちでこの番号を記したのか想像してみるが、つかみきれない。

駅前の電話ボックスに入った。十円玉を数枚入れて、帯広の市外局番を押す。

日曜の昼――まっとうな暮らしをしているのかどうか。そもそもまっとうが何なのか、そんなものが自分たちにあったのかどうか。

「はい、名倉です」

伸びたり縮んだりを繰り返す章介の内側に、突然母の声が飛び込んできた。がしゃりと十円玉が落ちる。黙っていると、また落ちた。

「章介?」

はい、と応《こた》えた。母も戸惑っているのか黙る。深い息を吐き合ったあとミワコが訊ねた。

「元気でいるの?」

「元気です」

「今日は休みなの？」

「休みです」

おうむ返しだけで硬貨がふたつ落ちた。ミワコが慌てた声で「父ちゃんの骨、ごめんね」と言った。

「いや、納骨したから心配ない」

納骨、とミワコの声がおかしな具合に跳ね上がった。うん、納骨した。どういうことかと訊ねられて、どう答えていいものか考えているうちに容赦なく硬貨が落ちる。

「いい墓を世話してもらって、父ちゃんそこにいるから」

財布を探り、三枚の十円玉を取り出した。三枚しかない。

「十円玉、あと三枚」

ミワコが来週の日曜日に「そちらに行く」と言い出した。

「いや、俺いまマネージャーの家に居候しているんで。住んでたところ火事で燃えたから」

二度問答を繰り返し、章介が折れた。母は火事や居候、墓や納骨といった言葉の意味をうまく理解出来ないらしい。昼前に着く列車で釧路へ行くという。

来週もまた駅に来ることになった。見送ったり出迎えたり――忙しい場所だ。

母の声を聞いた後だからなのか、三人を見送った現実が少し遠くなった。列車と同じ速度で気持ちも離れてゆけるのなら、そんないいこともないだろう。

翌日新しくやってきたタレントは売り出し中の漫才コンビで、歌謡ショーは地元の歌手だった。売り上げ冷え込みの二月にビッグネームを呼び込むため、予算が抑えられているのがわかるメンバーだ。

松の内が過ぎ正月気分も抜けて、客席もゆったりとし始めている。

漫才コンビの呼び出しは章介の仕事になった。師匠を真似て「レディース&ジェントルメン」とやってみるが、まだ板についていないのか声がいまひとつ張らないせいで、ホステスの笑い声が聞こえてくる。いつか慣れるだろうと思ったり、慣れる前に木崎に次の行き先を告げねばならぬと思ったり。考えると照明が遅れ、さっぱり腰が入らなかった。

市内で、同じような店で働くわけにもいかなかった。かといって、単純に「パラダイス」以外の就職先を探せば、振り出しに戻るだけなのだった。それでは木崎のアドバイスがただの首切りになってしまう。章介がどこに流れて行ってもおそらく文句は言わないだろうが、がっかりされるのは嫌だった。

夜中、子供たちが寝静まった家にふたりで戻ると、木崎の妻が夜食と風呂を用意してくれていた。先に風呂に入れと言われ遠慮していると、素顔でも美しい木崎の妻が「下宿代もらってるんだから」とプロ顔負けのウインクを寄こした。

抜糸したばかりの傷口だけ湯から浮かせて、湯船に体を沈めた。天井を仰ぐと、棚に置かれたアヒルや船のおもちゃが見えた。章介は黄色いアヒルに手を伸ばし、湯に浮かべた。お湯に立つさざ波にぷかぷかと浮く無表情のアヒルを見ていると、わけもなく泣きたくなった。幼いころ、ほんのわずかだったけれど、これに似たような景色のなかにいた気がするのだった。そのときの章介はまだひとりではなかった。章二もミワコも若く、ひとり息子の将来がこんな薄暗いものになるとは思ってもいなかったろう。

馬鹿な親父だ――

馬鹿な亭主を持った、馬鹿な女房だ――

俺はその、馬鹿の息子で、ふたりをしのぐ馬鹿かもしれない――

湯船に顔をつけて泣いてみた。こうすると、涙を流さなくてもいいのだった。

改札に現れたミワコは髪を短く切って、白髪もしっかりと黒く染めていた。耳には安っぽいけれど暖かい色合いのイヤリングが下がっている。十歳も若返ったように見えた。

久しぶりだな、母ちゃん――

口には出さず、母の一方的な質問に、頷くことで答えた。

――で、今は「パラダイス」のマネージャーさんの家にご厄介になってるんだね。

――火事で、怪我はしなかったんだね。

駅前通りから一本入った場所にある蕎麦屋でふたり、かしわ蕎麦をすする。すいすいと章介の前を歩くミワコが選んだ飯屋は、章二の納骨を終えたあとに四人で飲んだ蕎麦屋だった。あの日からたったひと月しか経っていないことが不思議でならなかったし、誰ひとり章介に連絡先を教えなかったことも、今となっては最初からの約束だったような気もする。

黙々と蕎麦をすする。向かいの席には短髪に薄化粧の母がいる。同じくらいの女たちと付き合っていた時間から、焦げ臭いにおいがする。ため息を吐こうにも、目の前にいるのは母のミワコだ。

「落ち着いたら、すぐに連絡しようと思ってたんだけどね。父ちゃんが死んで、なんだかいろんなことから離れたくなっちゃって。アパートにいても、いつまた借金取りが来るのかわかんないって思ったら、いてもたってもいられなくなって、街から逃げた。考えてみたら『死んだ』ってひとこと言えばいいだけなのにさ。なんだかまだ本当に死んだような気がしなくてさ。それが不思議で――怖かったね」

母にかける言葉が思い浮かばない。ただ、せっかくごろつきの亭主が死んだのだから、新しい相手のひとりも見つけてうまいこと楽な暮らしをして欲しい。間違っても、自分みたいな実のない若い男に泣かされるようなことはしないでほしい。

膝の傷はまだ突っ張って痛いし、荷物は木崎の妻が用意してくれた木崎のお下がりと新しい下着が数枚きりだ。出来るだけ早く、木崎に身の振り方を伝えなければならない。

「母ちゃんは、いま何やってんの」

章介の質問に、ミワコはすっと背筋を伸ばし言った。

「金貸しにもたまにはいい人がいてさ。内職を世話してもらってたときに、針仕事を褒められたことがあったんだ。その人のつてで呉服店で働いてる。貸衣装の繕い物をしたり、ときどき接客したり。着付けを覚えて、いつかそっちで身を立てていきたいと思ってるんだよ。四十を過ぎての出発だけど、やってみたかったことだからさ」

もともと針を持つのが好きだったというのは初めて聞いた。仕事から帰ってきて、繕い物や頼まれての縫い物をしているのは見てきたが、あの日の母が好きで針仕事をやっていたとは思わなかった。

「結婚式場やら葬儀会場やら、貸衣装ではけっこう手広くやっているとこなんだけどね。帯広の衣装部に空きがあるけれど行ってみないかって言われて、すぐにアパートを引き払った。ありがたいことに、下手に若くないほうがいい職場ってのもあるらしいのさ。お前に会って説明しようにも、あのときは上手く言える気がしなかった」

悪かったね――言葉は詫びているけれど、表情は明るい。

鰹出汁《かつおだし》のきいたつゆをすすったあと、ミワコが「それより」と切り出した。

「父ちゃんの骨、納骨したってどういうことなの」

「中古の墓が見つかったんで、そこにいれた。ちゃんと坊さんの供養もしてもらってるし、心配ないよ」

「うちはふたりとも親とは縁が切れてるし、墓なんてどうやって建てるのかも知らなかったよ」

「俺も知らなかった」

嘘は吐いていない。お互い事実だけを伝え合っている。眉間《みけん》に皺を寄せて首を傾げる母につられて章介も顔を肩に向けて斜めにする。いぶかしげな表情にほんの少し明るいものを混ぜ込んだミワコが「お参りしようかな」と言った。

「そのお墓に、連れてってよ」

外は氷点下だ。「暖かくなってから」と言おうとして、思いとどまる。暖かくなるころ、自分がどこにいるのかわからないのだった。

「わかった、高台の吹きっさらしだから、すんごく寒いと思うけど」

「いいさ、寒いのは慣れてる」

蕎麦屋の会計を終えたミワコとふたり外に出た。情け容赦ない寒さに鼻毛まで凍りそうだ。寒いよこれは。男が寒い寒い言うんじゃないよ。しばらく会わなくても、すぐに母と息子に戻れることが不思議で、白い息を眺めながら通りに出た。流しのタクシーをつかまえて、ミワコがさっさと乗り込む。どちらへ。さあ、どちらなの。行き先の問いが、伝言ゲームみたいに章介に回ってくる。

「紫雲台です」

気づけば、納骨の日を逆回ししている。温まった頬が持ち上がっていることが可笑《おか》しくなり、その顔を母に見られるのも嫌で窓のほうへと顔を向けた。

坂を上り、坂を下り、海岸通りに出たら左に曲がる。墓場に続く坂を上るタクシーのフロントガラスに、冬の空が広がる。

着きました――

「すんません、すぐ戻りますんで、ここで待っててもらっていいですか」

「メーターそのままで待っててていいですか」

「倒しておいてもらえるとありがたいんだけど」

バックミラーで章介と目を合わせた運転手が、ひとつ息を吐いた。

「わかったよ、何分くらいだい」

「五分、長くて十分。それ以上外にいたら凍っちまうし」

浜から崖《がけ》を上ってくる海風が、体感温度をこれでもかというほど下げる。吹きさらしの墓場には、雪も積もっていない。吹き付ける風で顔が痛かった。ミワコが章介の後ろを歩きながら、あまりの寒さに「ひぃ」とおかしな声を上げた。

風にかき消されぬよう大声で「ここ」と、墓石の前に立った。

名倉家先祖代々之墓――

ミワコが「ほんとだったのかい」と言って墓石に触れた。

「ちゃんと戒名もあるし、坊さんが供養もしてくれてるから安心してくれよ」

「墓にも中古があるなんてねえ」

どうやって手に入れたのかを問わないのが、ミワコらしかった。戒名を訊ねるので「サソリのテツ」と答える。大真面目に言うと、ミワコも大真面目に頷いた。章介は墓の後ろに回り、母を手招きする。黒マジックで書かれた「サソリのテツ居士」の文字を見て、その場に転がりそうなほど体をねじり大笑いした。

供養は母の笑い声ですべて整った。

「こんなところで言うのもなんだけど俺、そのうち釧路出て行くと思う」

「どこに行くのさ」

「わかんないけど。いろいろあって、マネージャーに外の世界を見てこいって言われてる。やりたいこと見つけて、春までには出て行かなけりゃいけない」

ミワコはしゃがみ込んで、戒名の書かれたところを撫でている。風がほんの少しゆるみ、角度を変えた。

「お前、それを言うなら、やりたいことを見つけるために出て行くってのが筋だろうさ」

「どこに行けばあるのかわかんないんだよ」

正直なひとことが漏れて、ようやく不安がかたちになった。ミワコが立ち上がり「札幌でも東京でも」とつぶやいた。

墓石の前に並んで立ち、両手を合わせて「サソリのテツ」に別れを告げる。海風に背中を押されながらタクシーに戻った。

駅に戻る車の中、かじかんだ手に感覚が戻ってくる。ミワコが手提げ鞄《かばん》の中をがさがさといわせながらなにか取り出した。

「これ遣いな。お前の名前にしてあるから」

見れば、預金通帳と印鑑だ。いらないよ。お前のだから。

「いいよ、母ちゃんのもんだろう」

「じきに『パラダイス』をクビになるんだろ」

「クビじゃあないよ。そこ、違うよ」

「いいから、文無しだってことは知ってるから。どこへ流れて行くにしたって、先立つものがないとつまんないことに手を出すんだよ、人間ってのは」

父ちゃんを思い出せ、と言われると返す言葉がない。つまんないことに手を出し続けた男に一生を喰《く》われそうになった女が、ぎりぎりで摑んだ居場所は、どれだけ輝いているだろう。

「母ちゃん、なんであんな男と二十年も一緒にいたんだ」

受け取る前に聞いておきたかった。ミワコが「なんでかねえ」と首を傾げる。なんでだ。もう一度訊ねた。

「嫌いじゃなかったんだろうさ」

なるほど——自分の父と母にもっともふさわしい言葉を得て、納得する。いったいいくら入っているものかわからないが、章介の上着にぐいぐいと押しつけられる通帳と印鑑を受け取った。

「どこに行くにしたって、金は必要なんだよ」

「ありがとう」

駅で見送る際、母の振った手がシャネルや師匠やひとみのそれと重なりぼやけた。章介は自分がなにをやりたいのか考えることを止め、ひとまず一度街を出ることに決めた。たった一か月のあいだにあったことが、ぐるりと頭蓋骨《ずがいこつ》の内側を撫でてゆく。撫でながら、感情の壺《つぼ》へと落ちてゆく。何者かになるというほど大げさなものではなかった。ただ、あの三人にもう一度会えるような仕事が、大きな街へ行けばひとつくらいはあるはずだと思った。すがすがしく冷たい風を残して、列車がホームを出てゆく。
親も他人も恩人も、章介のなかでは同じ棚に並んでいた。

＊

元号が「平成」に変わって数日経った。

吉祥寺《きちじょうじ》の自宅アパートで目覚めた章介の、ゆるゆると像を取り戻してゆく視界に殺風景な六畳二間が入ってくる。

十二時を大きく回ってから戻った。なにも思わず電気も点けずに布団に入り、喉の灼熱《しゃくねつ》感に目覚めた。まだすこし、アルコールが残っている。

水を飲みに台所に立った。妻の薫《かおる》に感心されるくらい磨き込んだステンレスは、もはや職人技だ。薫が出て行って半年経つが、台所だけは今も磨き続けている。

このとおり与えられた家事はできるのに、彼女が求めた感情は返せなかった。

あの日、仕事道具一式の入ったリュックとビデオカメラを持って家を出ようとした章介に、きりりと太い眉をめいっぱい上げて薫が言った。

――章ちゃん、わたし今日で出て行くから。

——うん、わかった。

——ほかに言うことは？

——別に、ない。

新しい男のもとへゆく女房のほうが大きな態度であったことも、特別不思議には思わなかった。

職を転々とした東京暮らしで、ちいさなプロダクションに落ち着いたのが五年前。社長を含めて社員が三人と四人を行ったり来たり。結婚式と披露宴のビデオ撮影、テレビ番組の資料映像や、ドキュメンタリー企画の映像撮影の孫請けが主な収入源だが、ときどき予算の少ない番組を一本任されることもある。社長の生まれが釧路だったのが、章介採用の大きな理由だった。

結婚式場の衣装部に勤めていた薫とは、三年前に章介が担当した結婚式のビデオ撮影打ち合わせで知り合った。何気ない会話の流れで「母親が北海道で同じ仕事をしている」と言ったのがきっかけで、付き合い始めたのだった。会社に頼りにされるような着付師になったミワコは、最近は再婚話も来なくなったと電話口で笑う。

カーテンを開けた。冷え込んだ部屋で、電気ストーブの前だけが暖かい。ガラス窓の向こうに、切り取られた灰色の空がある。時計を見ると、午前九時をまわっている。そろそろ支度をしなくては昼の仕事に間に合わない。顔を洗って、なにか腹に入れておかなくては。機材の点検を終えるころ、社長が車で迎えに来るだろう。

約束の時間ぴったりにやってきたRアルプロの軽ワゴンに機材を詰め込んだ。社長の運転で千葉の老人施設へと向かう。

「冷えるねえ」

章介といるときは気分が故郷に戻るのか、心持ち語尾が重たくなる社長は、もう二十年ものあいだ釧路に帰っていないという。冠婚葬祭も同窓会も、誰も彼を必要としない。彼もそんなつながりを求めていなかった。五十に手が届こうという社長は、捨てた街の人間関係で悩む暇があったらもっと面白いこと考えようぜ、と言う。同じ街出身の社長は、いつも最後に「この感じ、なかなか分かってもらえなくてなあ」という決めぜりふで自身の境遇や仕事、人間関係のぼやきを終える。人間、どこに暮らしても多少の消化不良を抱えるものらしい。

「章ちゃん、今年もそのコート着てるんだ」

「今日は外の撮影ないんですか」

「うん、老人ホームのくつろぎ時間を小一時間撮ってくるだけだから。カメラ位置と現場スタッフとの打ち合わせに三十分。帰りはどこかで旨いカレーでも食ってこようよ」

世の中はほんのちょっと戸惑いながらも「新しい時代と元号」を意識し始めた。先代が亡くなって、その息子が同じ椅子に座る。ただそれだけのことと思いながら、そこに良い風を期待している。

「辛気くさい絵を撮ってこいっていう話じゃないですよね」

「うん、いまどきの老人がなにを求めてるのか、老人医療の現実をどうのっていうタイトルみたい。資料映像だから、あまり気負うことないよ」

いつの間にか雪は止んで、灰色の空が海風の街を覆っていた。さあ着いた。社長の案内で薄いピンク色の老人施設へと機材を運び入れる。東京ディズニーランドからほど近い場所にあるため、休日などは家族の面会で賑やかな施設なのだという。

最初にカメラを据えるのは食堂で、その後は娯楽室だった。醬油《しょうゆ》や出汁のにおいに混じって、ケチャップやホワイトソースのにおいも漂っている。和食と洋食が選べるランチメニューのせいか、部屋全体に不思議な香りの層が出来ていた。

打ち合わせどおり、食事中の映像を長めに撮る。外壁と同じ、薄いピンクのユニフォームを着た職員に介助されながら、あるいはひとりで、親しい仲間同士で、真っ白い頭の老人たちが食事をしている姿は、いつか撮った幼稚園の気配によく似ていた。

手の震えが止まらぬ老人は、スプーンですくったチキンライスのほとんどを皿に落としながら食べる。時間をかけてでも食べようとするうちは、職員も積極的に働きかけはしないようだ。章介はしばらく、震えるスプーンで人間のプライドをすくい続ける老人を撮っていた。

「章ちゃん、そろそろ娯楽室に行ってスタンバイしとこうか」

社長に促され、いったんカメラを止めた。食堂のにおいが漂う廊下を進むと、次第に糞便《ふんべん》のそれが混じるようになった。立ち止まった章介を振り向き見て、社長が「どうした」と問うた。

「いや、人間が多いところっていろんなにおいがするなって」

「だよねえ」

社長が章介の耳に口を近づけて「ここはけっこう取られるらしいぞ」と言った。

「ピンキリとはよく言いますけどね」

「もともとの暮らしが中流以上じゃないと、入れないレベルだそうだ」

「じゃあ、俺は無理です」

「給料安くて悪かったなあ」

笑い合っているうちに娯楽室に着いた。陽あたりのいい扇形の部屋には、百席近くの椅子が並んでいる。弧を描いた広い窓には暗幕がセットされていた。見上げると、ライトも完備している。ミラーボールがあっても不思議ではないくらいの設備だった。章介は舞台横のスペースに三脚を立て、客席にカメラ位置を決める。

「これだけ入所者がいるからさ、けっこう芸達者も多いらしいんだな。カラオケ大会やらリサイタルやら、毎日必ずなにか催しものをやってるんだと。実はここの施設、そういうところも売りにしているらしいんだ」

「ちょっとした文化施設の小ホールですよね」

章介の言葉に社長もうんうんと頷いている。

部屋の隅にはお茶や水の用意があり、みな紙コップに注いではゆっくりとした動作で席に着く。ときどき、痰《たん》がからんだり吐き出したりする音が響く以外は、実にのどかな風景だ。章介は埋まり始めた客席をフレームに入れ、カメラを固定した。今回は、芸人が慰問にやってきているという。

社長が腕時計に目をやった。そろそろ始まるな。つぶやきと同時に、天井のライトが舞台側を照らした。立派なものだ。カメラを回した。

出囃子《でばやし》が響き、半分埋まった席から拍手が起こる。無表情や居眠り、酸素マスク。客席はルームウェアの老人たちだ。

ハイハイハイ——

芸人が舞台に上がると、拍手が止んだ。

「みなさま、元号が変わりましたが、いかがお過ごしでしょうか——」

思わず、客席に据えたカメラから目を浮かせた。おそるおそる舞台の上を見る。

「盛大な拍手でお迎えいただき、まことにありがとうございます」

催促された拍手を送る客席から、笑いが起きる。

「わたくし、ラスベガスをはじめ世界を駆け回り、久しぶりに日本に帰って参りました。今日はみなさまに、世界を沸かせたマジックを披露させていただきましょう。日本が世界に誇るマジシャン、チャーリー片西でございます。ミュージック、スタート」

薄くなった頭頂部と後頭部にまとめた白髪、蝶《ちょう》ネクタイとスーツ、流れているのは「オリーブの首飾り」だ。

師匠——

すぐそばで、チャーリー片西がポケットからトランプを取り出した。鮮やかなフラリッシュのあと、耳の裏から、袖口から、襟先から、次々にカードを抜いては左手に置く。真横からは、タネが丸見えだ。

師匠——

右手から左手へ、トランプを移動させ始めたそのとき、カードが左手をすり抜け床に落ちた。

ああ——

客席がどよめき、笑いが起きる。咳《せき》と笑いと落胆の声。

客席に向かって微笑むチャーリー片西の目は、湿気《しけ》ってしなびた柿の種だ。

「長い人生、こんなこともありますでしょう。毎度毎度、成功するわけでもございませんですね。これぞマジック。ビバ、人生でございますね」

客席からのまばらな拍手のなか、床にかがみ込んでカードを拾う師匠の襟首がもぞもぞと動いた。一羽の白い鳩がひょっこりと顔を出す。チャーリー片西が振り向き「こらこら」と言うのを合図に、鳩がぱっと飛び立った。客席に軽い悲鳴が起こる。

章介はカメラをスライドさせて、ステージと客席の両方をフレームに入れた。

次の演目で出す予定の鳩が、客席を旋回してチャーリー片西の肩に戻ってくる。

「まあ、こんなこともあります」

カードをポケットに戻し、赤いハンカチを両手で揉《も》み始めた。ハンカチがどんどんふくらんでゆき、鳩が出る。よく訓練されているようで、さっと飼い主の肩に乗った。

師匠——

章介のカメラの中で、師匠の像がほんのりとぼやけた。

師匠——

あれから、いろんなことがあったんですよ。
師匠――
話したいことが、いっぱいあるんです。
師匠――俺です。
章介は、マジックを終えたチャーリー片西の少し丸まった背中をカメラに収めた。

初出　「小説 野性時代」二〇二〇年一月号～十二月号

桜木紫乃（さくらぎ　しの）
1965年北海道生まれ。2002年「雪虫」で第82回オール讀物新人賞を受賞。07年に同作を収録した単行本『氷平線』を刊行。13年『ラブレス』で第19回島清恋愛文学賞を受賞。同年、『ホテルローヤル』で第149回直木三十五賞を受賞し、ベストセラーとなる。20年には『家族じまい』で第15回中央公論文芸賞を受賞。『ワン・モア』『砂上』『起終点駅 ターミナル』『無垢の領域』『蛇行する月』『緋の河』など著書多数。

俺《おれ》と師匠《ししょう》とブルーボーイとストリッパー

2021年２月26日　初版発行

著者／桜《さくら》木《ぎ》紫乃《しの》

発行者／堀内大示

発行／株式会社KADOKAWA
〒102-8177　東京都千代田区富士見2-13-3
電話　0570-002-301（ナビダイヤル）

印刷所／旭印刷株式会社

製本所／本間製本株式会社

ISBN 978-4-04-111112-3　C0093
JASRAC 出 2100359-101

桜木紫乃の好評既刊

ワン・モア

人を好きになるということは、
こんなに格好の悪いことだったろうか——

安楽死事件を起こして離島にとばされてきた女医の美和と、オリンピック予選の大舞台から転落した元競泳選手の昴。月明かりの晩、よるべなさだけを持ち寄って躰を重ねる男と女は、まるで夜の海に漂うくらげ——。同じ頃、美和の同級生の鈴音は余命宣告を受けていて……どうしようもない淋しさにひりつく心。人肌のぬくもりにいっときの慰めを求め、切実に生きようともがく人々に温かなまなざしを投げかける、再生の物語。

角川文庫　ISBN 978-4-04-102384-6